Helga Frei

Auf dem Weg zum großen Glück

Eine Liebesgeschichte

♡lichst

Helga Frei

Helga Frei

Auf dem Weg zum großen Glück

Eine Liebesgeschichte

TRIGA – Der Verlag

Bibliografische Information der Deutschen Nationalbibliothek
Die Deutsche Nationalbibliothek verzeichnet diese Publikation in der Deutschen Nationalbibliografie;
detaillierte bibliografische Daten sind im Internet über
http://dnb.d-nb.de abrufbar.

1. Auflage 2013

Feldstraße 2a, 63584 Gründau-Rothenbergen
www.triga-der-verlag.de

Korrektorat: Renate Maier, Frankfurt am Main

Fotos: Karlheinz Frei

Druck: Druckservice Spengler, 63486 Bruchköbel
Printed in Germany

ISBN 978-3-89774-865-1

Die Rose in meiner Hand

Vom Herzen Dein, liegt mir die Rose in
der Hand.
Ich sehe auf sie herab,
rot wie das Feuer der Liebe, zart im Duft
wie mit edel gefüllten Träumen aus
vergangener Zeit
Perlen an den Rändern der Blüte, vom
Morgentau.
Ich drücke sie an mein Herz -
ach, wärest Du doch noch mein!

09.01.2006
H. Frei

1

Es ist ein schöner Sommertag. Lotte folgt der Einladung ihrer Freundin Rose. Frühmorgens um acht Uhr steigt sie in Goldbach in den Zug. Nach dem Umsteigen in Aschaffenburg fährt sie weiter nach Miltenberg. Alles mit der Dampflok. Von dort würde sie abgeholt werden. An einem kleinen Bahnhof, eben ländlich.

Lotte kommt pünktlich an, so, wie es im Fahrplan ausgeschrieben war. Anspannung steigt in ihr auf. Als sie die Wagentür öffnet und die drei Gitterstufen nach unten geht, hört sie schon ein fröhliches Rufen. »Hallo, Lotte, hallo, hier sind wir.«

›Na, hier sind wir‹, denkt Lotte, ›wer denn wohl alles?‹ Sie folgt dem fröhlichen Zurufen, das von herzhaftem Lachen begleitet wird, und da entdeckt sie sie auch schon, ihre Rose. Spontan fallen die beiden jungen Mädchen sich in die Arme und drücken sich herzhaft. Sie haben sich seit ein paar Wochen nicht mehr gesehen, denn es sind Sommerferien. Kennengelernt hatten sie sich in Aschaffenburg, in der Hauswirtschaftsschule. Beide sind jung, erst siebzehn Jahre alt, und Lotte ist neugierig auf das, was kommen wird.

An Roses Seite ist ein gut aussehender junger Mann. ›Oha‹, denkt Lotte, ›da hat sie wohl einen Freund!?‹

Rose stellt ihn sofort vor, etwas stotternd, was Lotte gar nicht von ihr gewöhnt ist. »Das ist mein Bruder Rüdiger, Lotte.«

»So, so!«

»Aber ich sage dir gleich, er ist verheiratet, seit einem halben Jahr. Also Hände weg!«

Die jungen Leute lachen.

»Wenn ich mir deine Freundin so ansehe ..., schade, dass wir uns jetzt erst kennenlernen«, meint Rüdiger.

Wieder lautes Gelächter.

Rose sagt: »So ist er eben, mein Bruder.«

»Darf ich um deine Tasche bitten, du flotte Lotte?«, fragt Rüdiger.

»Oh, aber natürlich. Sie ist ganz schön schwer. Das Gewicht zieht mir den Arm nach unten. Ich habe das Gefühl, dass er immer länger wird. Hier, bitte, Rüdiger, ich gebe sie dir gerne ab.«

»Hopsa, ah, die ist wirklich sehr schwer. Jetzt muss ich mich erst einmal sammeln und auf die Tasche konzentrieren.«

»Hört, hört! Mein Bruderherz, das starke Geschlecht«, lästert Rose.

Rüdiger überhört es. »Darf ich die Damen zum Ausgang bitten?«

»Natürlich, hier wollen wir nicht bleiben«, kontert Rose. »Oder vielleicht du, Lotte?«

Lotte zuckt mit den Schultern. Rose fängt abermals an zu kichern. Es kommt eine Fröhlichkeit auf, die Lotte einfach mitreißt, und sie denkt sich so: ›Das scheint mir eine fröhliche Familie zu sein. Aber, ob alle so mit Fröhlichkeit und Herzlichkeit begnadet sind? Na, warten wir es ab.‹

Nun muss Lotte sich sputen. Mit schnellen Schritten durchqueren Rose und Rüdiger das Bahnhofsgebäude – Lotte hinterher. Die Halle ist nicht sehr groß. Es gibt dort einen Fahrkartenschalter und einen kleinen Kiosk. Man kann den Verkäufer dort gar nicht richtig sehen, denn alles ist überfüllt mit Zeitungen und Zeitschriften. Sogar Bücher, Romane und andere Werke, stehen zum Verkauf. Ein großer Topf mit dampfenden Würstchen befindet sich daneben. Der Verkäufer tritt gerade durch die Tür. ›Klein ist er auch noch‹, muss Lotte feststellen. ›Kein Wunder, das man ihn hier nicht sieht. Aber ich will auch nichts kaufen und muss jetzt einen Zahn zulegen, denn Rose und Rüdiger überqueren schon die Hauptstraße.‹ Die beiden sind schon auf der anderen Seite angekommen, als Rose sich umdreht und nach Lotte Ausschau hält. Lotte steht noch vor dem Bahnhof. Sie ist dort einfach stehen geblieben und schaut sich um.

Rose ruft: »Lotte, wo bleibst du denn?«

Etwas gereizt ruft Lotte zurück: »Ich möchte doch sehen, wo ich angekommen bin!«

»Aber ja, das darfst du auch. Komm aber erst mal rüber!«

Behutsam steigt Lotte die paar Treppenstufen nach unten und überquert zügig die Straße. Es fahren gerade keine Autos. Nur ab und zu kommt dort mal eins vorbeigefahren, der Verkehr ist nicht so stark wie in Aschaffenburg. Als Rüdiger die Tür seines Autos öffnet, bekommt Lotte große Augen. Er fährt einen nagelneuen NSU Prinz, und noch dazu in der Farbe Rot. Lottes Herz schlägt schneller. Mit so einem tollen Auto hatte sie nicht gerechnet. Die beiden merken ihr an, wie erstaunt sie ist.

Rose meint: »Ja, das ist nun doch eine Überraschung, Lotte!?«

»Und ob, mir bleibt die Spucke weg!«

»Als Ehrengast darfst du natürlich vorne bei Rüdiger sitzen«, sagt Rose.

»Oh, wirklich, da freue ich mich aber.«

Rose setzt sich auf die Rückbank. Rüdiger fordert Lotte auf, Platz zu nehmen. Das lässt sie sich nicht zweimal sagen, sofort steigt sie ein und setzt sich kerzengerade auf den Beifahrersitz. Rüdiger setzt sich hinters Lenkrad, schaut zu ihr herüber und sagt: »Aber anschnallen musst du dich auch, sonst kann ich nicht wegfahren.«

»Wie? Was meinst du mit ›anschnallen‹?«, fragt Lotte erstaunt.

»Schau, hier an deiner Tür ist ein Gurt. Den ziehst du rüber und steckst ihn hier in diese Schnalle, bis es einklickt. Es gibt da ein Gesetz, das nennt sich ›Verkehrssicherungsgesetz‹, im Klartext: Es ist zu deiner eigenen Sicherheit.«

»Aha«, sagt Lotte, »jetzt bin ich aufgeklärt.«

»Wunderbar, dann können wir losfahren!«, bemerkt Rüdiger. »Ich fahre jetzt mit dir und Rose eine Ehrenrunde durch Miltenberg, damit du das schöne kleine Städtchen kennenlernst.« Rüdiger dreht den Zündschlüssel um, der Motor springt sofort an. »Dann lasst euch beide mal überraschen.« Er fährt los.

Rose kennt Miltenberg von seiner besten Seite. Wie eine perfekte Reiseleiterin beginnt sie gleich, Lotte über Miltenberg aufzuklären. »Soeben fahren wir an dem ›Jagd Hotel Rose‹ vorbei, erste Sahne in Miltenberg, das kann ich dir sagen.«

»Ja, so ist es«, bestätigt Rüdiger.

»Oh, das würde mich reizen«, schwärmt Lotte, »aber zurzeit ist mein Geldbeutel nicht gut gefüllt.«

»Das verstehe ich.« Rüdiger lacht hell auf. »Uns geht es genauso. Du weißt, die Hochzeit.«

»So, so! Ja, ja! So ist es«, bemerkt Rose.

»He!«, meint Rüdiger, »Man kann nicht alles auf einmal haben.«

Und damit ist das Thema erledigt.

Lottes Blick fällt auf den Main mit der schönen Sandsteinbrücke. Ein großes Passagierschiff fährt gerade unter der Brücke durch. Auf dem Hauptdeck des Schiffes spielt eine Musikkapelle. Der Klang der Musik geht sofort in die Ohren, ein fetziger Rock and Roll von Elvis Presley.

»Hu«, ruft Lotte, »da wäre ich jetzt gerne dabei.«

»Das glaube ich dir aufs Wort, meine flotte Lotte«,

»Rüdiger, wir können es gerne mal ausprobieren«, bietet Lotte ihm an.

»Bei nächster Gelegenheit«, gibt Rüdiger in kräftigem Ton zurück.

»Ich nehme dich beim Wort«

»Ja, das darfst du.«

»Dann sagt mir rechtzeitig Bescheid«, bittet Rose. Schmunzelnd denkt sie: ›Das lasse ich mir doch nicht entgehen‹und meint: »Rüdiger, Lotte möchte jetzt die Fahne sehen, schauen, wo das Schiff herkommt.«

Lotte stellt fest, dass der Mast umgelegt ist, was darauf hinwies, dass die Brücke nicht hoch genug zu sein schien. Das ist das Stichwort für Rose, sofort geht die Aufklärung weiter.

Rüdiger wird es jetzt zu fachkundig. Er springt einfach mit einem anderen Thema in das Gespräch hinein. »Eine Burg gibt es hier auch, die Mildenburg. Wenn ihr zwei nicht zu müde seid, lade ich euch zu einem Spaziergang durch Miltenberg ein. Lotte, du wirst staunen über die schönen Fachwerkhäuser.«

»Ja, dagegen hätte ich nichts einzuwenden«

»Und du, Rose?«

»Ich auch nicht.«

»Dann steht der Sache nichts mehr im Wege. Bis auf die Parkplatzsuche. Ich habe da aber schon eine Idee. Wir parken unten am Main. Da gibt es genug Parkplätze.«

Rüdiger fährt in der Stadtmitte an einer grünen Ampel vorbei und ordnet sich links ein. Danach kommt eine rote Ampel. Es wird grün, weiter geht es, unter einem Sandstein-Brückenbogen hindurch.

»Na, hier ist es ganz schön eng«, staunt Lotte.

Nach dem Durchfahren weitet sich der Blick. Der Main liegt ihnen zu Füßen.

»Hier, schau, da ist ein freier Parkplatz«, sagt Lotte.

Sofort steuert Rüdiger die Parklücke an. »Was ist denn heute hier los?«, will Rüdiger von seiner Schwester wissen.

»Ich weiß es auch nicht. Heute kann man nur so staunen über die vielen Leute. Diese hier sind mit dem Bus gekommen. Und wo die alle herkommen! Aus Heidelberg, Mannheim. Erbach und so weiter. Ja, heute ist wirklich was los, muss ich feststellen.«

»Seht, hier legt gerade das vierte Passagierschiff an«, sagt Lotte.

»Ach ja, da gibt es eine Kaffeefahrt nach Wertheim und wieder zurück. Kein Wunder«, meint Rose, »deshalb sind so viele Leute hier. Und das schöne Wetter heute, da lockt es jeden raus, ob Mensch oder Tier.«

»Ja, Rose, es ist genau wie bei uns«, bestätigt ihr Bruder. »Aber jetzt, meine Damen, bitte aussteigen. Noch eine Frage: Habt ihr alles, was ihr zum Spazierengehen braucht? Ich möchte das Auto abschließen.«

»Ich habe alles«, sagt Lotte. »Die große Tasche brauche ich nicht. Die darf im Auto bleiben.«

»Na, Gott sei Dank!« Rüdiger lächelt.

Rose fragt: »Wie gehen wir es jetzt an?«

Rüdiger räuspert sich kurz. »Ja, mein Vorschlag wäre, dass wir geradewegs hoch in Richtung Rathaus gehen. Von dort aus, an der Ecke vom Hotel Keller, gehen wir rechts in die gerade Straße, wo beidseitig die anschaulichen schönen Fachwerkhäuser stehen. Unser Ziel soll das Schnatterloch sein.«

»Das ist ein lustiges Wort«, meint Lotte.

»Ja!«, bestätigt Rüdiger. »Ich habe einen lieben Freund. Der erzählte mir, dass es hier im Schnatterloch früher viele Gänse hatte. Deshalb ist der Name Schnatterloch entstanden.«

»Weil die Gänse so viel geschnattert haben?«, fragt Lotte.

»Ja, deshalb. Rose, hast du was einzuwenden?«

»Nein, ich habe es auch so gehört.«

»So, meine Damen, es kann losgehen.«

Rüdiger geht voraus, mit festem Schritt und schnellem Gang. Rose und Lotte folgen sogleich, doch der Abstand zu ihm wird immer größer.

Lotte stellt fest: »Ich habe die verkehrten Schuhe an.«

»Ja, Lotte, mit deinen Stöckelabsätzen ist es nicht so toll«, meint Rose verständnisvoll.

»Du sagst es. Aber es wird schon gehen, ich verliere nicht den Mut. Schließlich will ich auch was sehen.« Nach ein paar weiteren Schritten setzt sie hinzu: »Bitte, sei mir nicht böse, aber dein Bruder hat Rennschuhe an.«

»Wir können ihn zurückpfeifen, Lotte.«

»Nein, welch eine Blamage. Das will ich nicht.«

»Deine Schuhe sehen wirklich flott aus, das muss ich zugeben. Du konntest ja nicht wissen, dass hier so viele Pflastersteine sind.«

»Zum guten Glück habe ich mir bequeme, ländliche Schuhe eingepackt«, gesteht Lotte, »weil ich ja weiß, dass du auf dem Land wohnst. Ab heute zieh ich hier nur noch meine bequemen Schuhe an. Das weiß ich gewiss.«

»Das ist ein guter Vorsatz.«

»Ja, das werde ich tun.«

»Dann verstauchst du dir auch nicht den Knöchel, meine Liebe«, verkündet Rose lachend.

»Mach du dich auch noch lustig über mich«, schmollt Lotte.

»Komm, Lotte, das war doch nur Spaß.«

»Weiß ich ja!« Nun lacht auch Lotte.

Rüdiger bemerkt, dass es hinter ihm still geworden ist. ›Wo sind die beiden Küken abgeblieben?‹ Er dreht sich um und schaut in die Straße zurück. ›Ach, du liebe Zeit, auf halber Strecke sind sie erst. Das kann ja heiter werden. Ich sehe schon, das richtige Schuhwerk hat Lotte nicht an. Oh, oh, da könnte ich geradewegs noch schnell ein gutes Keller-Bier trinken gehen. Ich stehe ja schon richtig hier, direkt vor dem Hotel Keller. Na, damit wird es wohl doch nichts werden, die beiden beeilen sich. Und womöglich hängt der Haussegen dann schief, das will ich nun doch nicht. Also, gute Mine zum bösen Spiel machen, auch wenn es schwerfällt. Na ja, sie wird es bis zum Schnatterloch schaffen, die flotte Lotte.‹

Etwas abgehetzt kommen die beiden jungen Frauen auf Rüdiger zu.

»Oh, Rüdiger, hast du schon lange auf uns gewartet?«, fragt Lotte etwas außer Atem.

»Nein, nur eine kurze Zeit.« Rüdiger grinst etwas, während er spricht, und schaut auf Lottes Schuhe. Das musste ja so kommen.

»Mach du dich auch noch lustig über mich«, empört sich Lotte. »Rose hat schon über mich gelacht. Dieses Kopfsteinpflaster, davon konnte ich nichts wissen. Ich tu schon genug Buße. Und jetzt lachst du auch noch über mich.«

»Nein, meine Lotte, dem ist nicht so. Komm her, lass dich drücken, ich meine es nicht so.«

»Das tut gut, Rüdiger.«

»Ist es wieder in Ordnung, du flotte Lotte?«

»Ja!«

»Wir verstehen es, du wohnst näher an der Stadt. Da will man eben schick aussehen.«

»Übrigens, ich habe auch ländliche Schuhe dabei«, kontert Lotte.

»Warum hast du sie nicht angezogen?«, will Rüdiger wissen.

»Sie sind ganz unten in meiner großen Tasche. Ich wollte

keine Umstände bereiten und die ganze Tasche auspacken. Das hätte doch zu viel Zeit weggenommen.«

»Da hast du recht, Lotte. Komm, wir gehen etwas langsamer und genießen die schönen Eindrücke.«

Lotte stolziert gestärkt auf ihren Stöckelschuhen weiter. Sie begeistert sich an den schönen Geschäften und Fachwerkhäusern aus früherer Zeit. »Das Bauen dieser Fachwerkhäuser hat zu jener Zeit viel Geld gekostet. Gab es hier so viele reiche Leute?«

Rose beantwortet die Frage auf ihre Art. »Die meisten Häuser wurden von Schiffsleuten gebaut. Der Handel, sei es mit Gewürzen, Holz, feinen Stoffen und vielem anderen, blühte zu dieser Zeit richtig auf. Es wurde viel erwirtschaftet und so verdienten die Schiffsleute, die die Waren transportierten, viel Geld. Aber diese Seefahrer wollten auch mit der Zeit eine Familie gründen und so wurde so mancher flotte Schiffskapitän hier in Miltenberg sesshaft.«

»Ah ja, so war das. Nun verstehe ich es, Rose.«

Rüdiger sperrt seinen Mund auf und fängt nachdrücklich zu gähnen an.

»Was ist mit dir? Bist du müde, Rüdiger?«

» Riecht ihr nichts? Hier liegt Kaffeeduft in der Luft.«

»Wenn ich es mir überlege«, antwortet Rose, »riech' ich auch Kaffeeduft.«

»Na endlich, du verstehst«, sagt Rüdiger zufrieden, »Darf ich die Damen ins Café Sell einladen? Es zieht mich stark hinein. Hier gibt es leckere Sachen.«

»Das lassen wir uns nicht nehmen. Lotte, komm, ein Stündchen Ruhepause tut auch deinen geplagten Füßen gut.«

»Auf diesen Vorschlag gehe ich gerne ein.«

Rüdiger hält den beiden jungen Mädchen die Tür zum Café auf. »So, bitte eintreten, meine Damen.«

»Oh, ganz höflich, dein Bruder.«

»Ja, er weiß, was sich gehört.«

Lotte setzt zuerst ihren Fuß ins Café. Rose und Rüdiger folgen sogleich. Lotte steht staunend am Kuchenbuffet.

»Na, meine Liebe, hast du schon was Gutes entdeckt?«, will Rose wissen.

»Nein. Hm!«

»Hier gibt es doch genügend Auswahl.«

»Das ist es eben, Rose, die Auswahl. Ich weiß nicht, was ich nehmen soll.«

»Lass sie doch in Ruhe auswählen, Rose. In der Zwischenzeit schaue ich mich nach einem netten Tischlein um.«

»Das ist klug, Rüdiger«, bestärkt Rose ihren Bruder und wendet sich wieder Lotte zu. »So meine Liebe, irgendwann musst du dich aber schon entscheiden, sonst ist die Kaffeestunde um und du stehst immer noch hier.«

»Ach, ich kann mich gar nicht genug sattsehen. Diese vielen Kuchen und Torten. Bei uns gibt es so etwas nicht. Kuchen und Torten schon, aber nicht diese Auswahl.«

»Da habe ich es leichter, Lotte. Ich weiß, was ich will, nämlich meine Lieblingstorte.«

»Zeig sie mir bitte, Rose.«

»Hier, die Sahne-Sauerkirsch-Torte. Die esse ich immer, wenn ich in dieses Café komme.«

»Vielleicht schmeckt sie mir auch. Ich nehme das Gleiche, Rose.«

»Ei, jetzt haben wir es geschafft. Aber, du kannst gerne noch ein anderes Stück dazunehmen.«

»Nein, lass uns zu Rüdiger gehen, der Arme wartet schon so lange.«

Rüdiger muss nicht lange nach einem schönen Platz suchen. Er findet ein nettes Eckchen mit Fensterblick. ›Da werden sich meine Damen freuen, eine gepolsterte Sitzbank mit Sicht auf die Straße.‹ Er setzt sich und ist zufrieden. Jetzt bekommt er langsam einen langen Hals. ›Wo bleiben sie nur, meine zwei Küken? Ah, da kommen sie ja.‹

Fröhlich und laut schnatternd kommen die beiden zu Rüdiger an den Tisch.

»Sieh an, du hast wirklich einen tollen Platz ausgesucht«, lobt Rose.

Rüdiger erhebt sich und bleibt stehen, bis die Damen Platz genommen haben. »Ich weiß doch, was Frauenherzen beglückt.«

»Du Schmeichler«, erwidert seine Schwester.

»Das ist eine ehrliche Antwort, Rose.«

Rose kann nichts mehr darauf antworten, denn nun kommt die Dame mit dem Kuchen und dem Kaffee zu ihrem Tisch.

»Ah, das ist doch die schönste Zeit im Leben«, meint Rüdiger. »Rose, du hast dein Brüderlein hoffentlich bei der Bestellung nicht vergessen?«

»Auf keinen Fall, Rüdiger. Das ist bei uns beiden doch schon ganz gut eingespielt. Ich weiß doch, was dir schmeckt.«

Schon fragt die Kuchendame: »Für wen ist die Sahne-Sauerkirsch-Torte?«

»Für uns zwei Frauen«, antwortet Lotte schnell.

»Nun, dann ist dieses übrige Stück für den Herrn.«

»Liebes Rosilein, das hast du gut gemacht. Es ist meine gute Schwarzwälder Torte.«

»Ja, ich sehe zufriedene Gesichter. Es soll euch gut munden«, wünscht Rose.

»Danke«, sagt Lotte, teilt mit der Kuchengabel ein großes Stück von der Torte ab und schiebt es genüsslich in ihren Mund. »Hm, ist die lecker«, gesteht sie »Da bin ich heilfroh, dass ich auf dich gehört habe, Rose.«

Rose nimmt nun auch ein Gäbelchen voll Torte in den Mund und nickt zufrieden.

Von Rüdiger hört man keinen Laut mehr. Nachdem er sein letztes Stückchen gegessen hat, schaut er mit einem Augenzwinkern geradewegs in Lottes Gesicht. »Ich kenne dich noch nicht so lange, aber deine schönen braunen Augen faszinieren mich.«

Lotte lacht hell begeistert auf und fragt: »Was soll das, Rüdiger? Du bist verheiratet!«

»Deshalb darf ich dir doch ein Kompliment machen.«

»Schau, schau, mein Brüderlein«, mischt sich Rose ein.

»Was du wieder denkst«, empört sich Rüdiger. »Ich liebe meine Hildegard«, beteuert er.

Die beiden Freundinnen fangen zu grinsen und zu lachen an. Rüdiger lacht herzhaft mit.

Rose erklärt: »So ist das eben bei uns. Aber wir wissen schon, wann gelacht werden darf und wann es ernst ist.«

Rüdiger schaut auf die leeren Kaffeetassen und Kuchenteller. »Meine Küken, wie sieht es aus? Wollen wir gehen?«

»Ja«, antwortet Rose, »aber wir müssen erst noch zahlen, Rüdiger.«

»Natürlich«, bestätigt Rüdiger« und winkt der Kuchenfrau zu. »Ihr seid meine Gäste, ich zahle.« Er bezahlt und gibt noch ein gutes Trinkgeld, denn sie waren gut bedient worden.

Lotte und Rose bedanken sich bei Rüdiger für die Einladung. Der nimmt den Dank freundlich entgegen.

Vor dem Verlassen des Cafés sagt Lotte: »Ich möchte euch bitten, einen Moment zu warten. Die ansehnlichen guten Pralinen stecken mir noch im Kopf.«

»Ja, da warten wir selbstverständlich, Lotte.«

Lotte zwinkert Rüdiger zu und sagt leise: »Da gibt es noch was.« Sie wendet sich an die Verkäuferin. Ein lebhaftes Hantieren hinter der Theke beginnt. Da noch eine und dort noch eine – so geht es eine Weile zu, bis das Gewünschte in der Tüte ist.

Rüdiger und Rose warten ganz brav und rühren sich nicht von der Stelle.

Die Tüte ist voll und der Inhalt bezahlt. Lotte strahlt. »Jetzt können wir gehen!«

Auch beim Verlassen des Cafés hält Rüdiger den Damen die Tür auf. Gemeinsam stehen sie nun auf der Straße. Lotte öffnet die Tüte und bietet die von ihr ausgesuchten Pralinen an.

»Da kann keiner widerstehen. Lecker, lecker!«

Nach der vierten Praline fragt Lotte: »Wo soll es jetzt hingehen?«

Die beiden anderen antworten zur gleichen Zeit. Und wieder müssen alle lachen. Lotte fragt in das Gelächter hinein: »Rüdiger, hör mal, du sagtest doch etwas von einer Burg!?«

»Ja, von der Mildenburg hier. Der Weg geht am Schnatterloch rechts hoch.«

»Nein, Lotte, auf die Burg, das geht heute nicht mehr«, meint Rose entschieden. »Mutter kocht was Gutes und erwartet uns.«

»Ja, selbstverständlich.«

»Und mit deinen Stöckelabsätzen ist es auch nicht ratsam. Sonst knickst du uns womöglich noch um. Das wäre schade um deine Füßchen«, setzt Rüdiger hinzu.

»Ja, ich danke für euer Verständnis. Aber sagt mir: Wo ist das Schnatterloch?«

»Gleich hier in der Nähe. Nur ein paar Schritte.«

»Ja, da gehen wir noch hin, ich bin neugierig.«

»Das können wir noch wagen«, meint Rose.

»Aber danach geht es nach Hause, meine Damen.«

»Zu Befehl, Herr Rüdiger!«

»Ordnung muss sein, meine kleine Schwester.«

Nachdem sie die paar Schritte bis zum Schnatterloch zurückgelegt hatten, ruft Lotte voll Entzücken: »Ist das ein schöner Brunnen. So richtig romantisch, dieses Schnatterloch. Das kann ich mir so richtig gut vorstellen mit den Gänsen.«

»Mir und meiner Frau gefällt das Schnatterloch auch sehr gut, besonders da rechts, die kleine romantische Weinstube. Aber das ist nichts für kleine Mädchen.«

»Nur was für große Jungs?«, fragt Rose.

»Ja, nur was für große Jungs!«

Wieder erklingt ein fröhliches Gelächter.

Lotte, wieder ernsthaft, wendet sich an Rose. »Schade, dass wir keine Kamera dabeihaben. Von diesem Brunnen hier würde mir ein Bild gefallen, mit den leuchtenden Geranien und dem fließenden Wasser.«

»Ach, Lotte, das ist nicht so schlimm«, meint Rüdiger. »Für morgen ist geplant, Miltenberg ausführlich zu besichtigen. Ich nehme dann meine Kamera mit. Und bitte morgen ländliche Schuhe anziehen!«

»Auf jeden Fall tu ich das, Rüdiger.«

Schnatterloch

Die kleine romantische Weinstube (heute Café)

»Nun, meine Damen, bitte herumdrehen.«

»Wie? Was? Wir sollen uns herumdrehen?«

»Ja, es geht nach Hause.«

»Du drückst dich aber komisch aus«, kichert Rose.

Rüdiger macht Lotte nun den Vorschlag: »Du könntest doch das Auto holen, meine liebe Lotte. Ich finde, da musst du jetzt durch.«

»Du bist ganz schön hart, Rüdiger«, meint Lotte.

»Manchmal muss es so sein. Wer A sagt, muss auch B sagen können.«

»Rüdiger, wo kommt denn nun diese Art zu sprechen her?«, empört sich Lotte. »Das gefällt mir nicht so gut. Es passt gar nicht in den heutigen Tag!«

»Nun, das glaube ich dir, Lotte. Stärke zeigen, meine Liebe, auch wenn es grade nicht so gut läuft. Du lernst jetzt die andere Seite von mir kennen.«

»Igitt, was kommt denn da noch auf mich zu?«

»Keine Sorge, Lotte«, beruhigt Rose, »Das ist nur pure Angabe von meinem Bruder. Er hat ein gutes Herz.«

»Ja, ja, jetzt kommen mir bald die Tränen«, frotzelt Rüdiger. »Aber, Lotte, wenn dir deine Füße wehtun, dann hole ich natürlich das Auto hierher.«

»Das würdest du tun?«

»Natürlich, hinter meiner harten Schale steckt ein weicher Kern.«

»Das ist aber lieb von dir.«

»Ich sage es doch, Lotte, er kann gar nicht hart sein, er will nur seine Mannesstärke zeigen.«

»Die andere Art deines Bruders ist mir lieber.«

»Jetzt hört endlich auf mit eurem Gesülze, es reicht. Ernsthaft, Lotte, kannst du noch laufen oder nicht?«

»Rüdiger, es wäre vielleicht besser, das Auto zu holen. Meine Füße sind ganz stark angeschwollen. Schau her, wie die aussehen!«

»Oha, das glaube ich auch, dass das besser wäre«, meint der, nachdem er die Füße betrachtet hat. »Das wird nichts mehr werden mit dem Rückweg zu Fuß, sonst kannst du morgen nicht mehr laufen«

»Und das wäre sehr schade«, beteuert Rose.

»Ich hole das Auto.«

»Du bist ein Schatz, Rüdiger«, ruft Lotte herzhaft aus.

»Setzt euch hier solange auf die Stufen vom Brunnen. Ich bin bald wieder da, höchstens zwanzig Minuten.«

»Bis bald, Rüdiger. Und vergiss deine Küken nicht.«

»Das kann ich gar nicht, ihr würdet mir fehlen.« Und weg war er.

»Ach, Lotte, komm, setzen wir uns. Warum hast du nicht schon früher was gesagt?«

»Liebe Rose, ich wollte kein Spielverderber sein.«

»Willst du deine Schuhe ausziehen?«

»Nein, ich lasse sie lieber an, sonst bekomme ich die Füße nachher nicht mehr hinein. Lass es gut sein, Rose, es passt so. Aber wie wäre es, wenn du mir etwas über Miltenberg erzählen würdest? Über die Burg und so. Das würde mich sehr interessieren.«

»Liebes Lottchen, ich kann das nicht so ganz genau machen. Ich weiß schon viel über Miltenberg, aber nicht die genauen Formulierungen, die Jahreszahlen und so.«

»Aber ich kann dir da prima aushelfen mit einem Reiseführer über Miltenberg. Heute Abend, wenn du Lust hast, kannst du ihn haben und dich so richtig hineinknien, damit du uns morgen was erzählen kannst.«

»Du bist gemein.«

»Nein, gar nicht.«

»Wir machen es morgen besser gemeinsam, dann können wir uns mit unserem Wissen ergänzen. Das macht uns bestimmt großen Spaß.«

»Wenn du meinst, ja, das fände ich toll.«

Tut, tut, tut!

»Oh, Rüdiger ist schon da. Noch nicht einmal zwanzig Minuten hat er gebraucht.«

»Also, flotte Lotte, komm! Einsteigen!«

»Oha, es geht nicht so schnell«, bemerkt Lotte. »Jetzt ziehe ich die Schuhe doch aus, ich habe die Nase gestrichen voll.«

»Lotte, deine Füße sehen ganz schön ramponiert aus«, stellt Rüdiger fest.

»Ja, ein Fußbad wäre wünschenswert.«

»Das kannst du später haben«, bietet Rose an.

»Oh, vielen Dank, das würde meinen Füßen guttun.«

»Seid ihr fertig? Bist du angeschnallt, Lotte? Dann können wir losziehen.«

Rüdiger gibt Gas.

»Rüdiger, fahr nicht so schnell, wir sind in keinem Rennauto.«

»Das meine ich auch, Rose. Ich liebe mein Auto!«

»Welchen Weg fährst du jetzt, Rüdiger?«

»Wir fahren von Miltenberg aus über die Höhe nach Neudorf, dann wieder runter nach Amorbach. Von dort geht es noch die paar Kilometer weiter zu unserem Elternhaus.«

»Ja, ist okay so«, meint Rose.

Rüdigers Blick fällt auf die Tankuhr. »Huch, der Tank ist schon wieder über die Hälfte leer. Da müssen wir noch tanken, meine Lieben.«

»Gibt es hier eine Tankstelle?«, fragt Rose.

»Aber sicher, ich weiß, wo eine ist. Lotte, hast du die Sprache verloren?«

»Nein, ich bin froh, dass ich mich ausruhen darf.«

»Dann bin ich zufrieden. Ich dachte schon, es geht dir nicht gut.«

»Doch. Bis auf meine Füße bin ich wohlauf.«

»Na, dann ist ja alles im grünen Bereich.«

»Ja, Rüdiger.«

»Rüdiger, mach langsam! Die Tankstelle.«

»Oh, gut, dass du aufgepasst hast, Rose. Ich wäre jetzt glatt vorbeigefahren.«

»Wo bist du mit deinen Gedanken?«

»Ja, das möchte ich auch wissen.«

»Fahr nicht so dicht an die Zapfsäule«, warnt Rose.

»Muss ich aber, sonst reicht der Schlauch nicht.«

»Du musst es ja wissen, ich habe noch keinen Führerschein. Aber, wer weiß, vielleicht bald.«

»Mach du erst einmal deine Schule fertig.«

»Ja. Ich bin auch noch keine achtzehn Jahre alt, und Geld habe ich auch keins.«

»Siehste, Rose, dann braucht es noch etwas mehr Zeit.«

Rüdiger steigt aus.

»Lotte, jetzt schauen wir genau zu, wie das geht.«

»Eigentlich habe ich noch nicht so ein großes Verlangen nach dem Autofahren, Rose. Ich lasse mich lieber fahren.«

»Ach, Lotte, hast du keine Ziele? Ein Auto, das wäre doch was Tolles.«

»Kein Geld, erst muss die Ausbildung fertig sein. Lieber beginne ich nach der Schule meine Lehre in einem Schuhgeschäft in Aschaffenburg. Und du Rose?«

»Ich bleibe im Bereich Hauswirtschaft. Das gefällt mir am besten. Ich gehe auf einen Bauernhof im Odenwald, zu einer Familie mit vier Kindern. Nach drei Jahren kann ich die Prüfungen machen und bekomme einen Abschluss als Hauswirtschafterin.«

»Das ist doch prima, Rose!«

»Ja, aber das Autofahren steckt mir auch im Kopf.«

»Eins nach dem andern, Rose. Das Autofahren kommt auch noch.«

Rüdiger steigt wieder ein. »So, alles erledigt, vollgetankt.«

»Was hat es gekostet?«, fragt Rose.

»Zwanzig Mark. Wer ein Auto hat, der muss auch zahlen.«

»Tja, so ist das dann wohl«, meint Rose grinsend.

»Nun, Rose, jetzt kannst du wieder grinsen? Habt ihr euch gut unterhalten?«

»Ja.«

»Über was?«, will Rüdiger wissen.

»Über was wohl, Rüdiger, übers Autofahren.«

»Ich weiß, du bist ganz wild darauf. Aber so einfach ist das nicht, meine kleine Schwester.«

»Es sieht doch ganz toll bei dir aus.«

»Ja, aber zum Erlangen des Führerscheins braucht es viel Geduld und Übung, nicht zu vergessen das Allerwichtigste: das Wissen um die Verkehrsregeln. An deiner Stelle würde ich erst Geld zusammensparen. So habe ich es gemacht. Dann ergibt sich die Sache von alleine.«

»Rüdiger hat Recht, Rose.«

»Vielleicht lasse ich dich üben«, überlegt Rüdiger. »Auf einem Feldweg bei uns, damit du ein Gefühl fürs Autofahren bekommst.«

»Du bist doch ein toller Bruder, danke.«

»Und das Grinsen von vorhin möchte ich nicht mehr sehen. Ein Auto kostet viel mehr als diese zwanzig Mark für eine halbe Tankfüllung. Erst musst du das Auto anschaffen, dazu kommen die Versicherungen, die Steuer und so weiter. Du wirst dich noch wundern! Aber großen Spaß macht es auch. Es gibt einem das Gefühl von Unabhängigkeit.«

»Na, siehste!«

»Ich will es dir nicht vergraulen, Rose. Ich möchte dich nur etwas aufklären. Mit sich reinsetzen und Schlüssel umdrehen ist es nicht getan.«

»Rüdiger, ich sehe es jetzt ein. Bitte entschuldige mein Grinsen.«

»Ja, meine kleine Schwester, jetzt weißt du besser Bescheid. Entschuldigung angenommen.«

»Danke, Rüdiger.«

»Meine Damen, jetzt wird es kurvenreich.«

Als Rüdiger gerade eine Kurve gut ausfährt, schreit Lotte auf. »Pass auf, Rüdiger! Der da kommt uns sehr nahe.«

»Ja, weil er die Kurve schneidet. So ist das, der eine passt auf und der andere schneidet die Kurve. Das ist doch ein blöder Hammel.«

»Na, na!«, rügt Rose.

»Das ist eben Autofahrerlatein. Aber du hast ja recht wegen der Schimpfwörter. Ich sollte mich besser beherrschen.

»Keiner ist unfehlbar. Es gibt immer was Neues zu lernen«, ergänzt Lotte.

»Nanu, wir sind ja schon in Neudorf!«, stellt Rose fest.

»Ja, das Auto fährt unserem Ziel entgegen und du bemerkst es gar nicht.«

»Ach, Rüdiger, ich habe aus dem Fenster geschaut und meinen Gedanken freien Lauf gelassen.«

Lotte meint: »Was für ein großer Unterschied. Diese Höhe und noch dazu die herrliche Aussicht, das sollten wir doch für ein paar Minuten genießen.«

»Sicher, ich fahre hier in die Parkbucht. Wer will, kann aussteigen und die schöne Landschaft genießen.«

»Und vielleicht ein bisschen hin und her laufen, das tut gleich den Beinen noch gut.«

2

Während der Rast fängt Rüdiger zu erzählen an. »Ich hatte hier mal eine Tante mit ihrer Familie, als ich noch ein kleiner Junge war. Die hatten einen stattlichen Bauernhof zu bewirtschaften. Sie besaßen Land und ein Stückchen Wald, Schafe und Kühe. Sogar einen Bullen hatten sie, dem durfte man aber nur mit großer Vorsicht näher kommen. Nur den Bauer ließ er an sich heran, bei den anderen schlug er so kräftig um sich, dass ihnen Hören und Sehen verging. Er war ein knorziger starker Bursche, dieser Bulle.

Wir wohnten in Amorbach und in den Sommerferien waren wir hier immer fleißige Helfer. Besonders meine Mutter, die war fast jeden Tag hier. Und ihre Schwester, die kam mit ihren beiden Töchtern direkt aus München angereist. Für uns Kinder war es sehr schön. Wir mussten zwar mithelfen, aber zwischendurch gab es auch mal eine Gaudi. Nur meine Tante war sehr streng. Sie passte auf, dass jeder Arbeit hatte. Es war ja auch verständlich, die Arbeit musste schnell fertig werden. Das Wetter hat dabei eine große Rolle gespielt. Oft mussten wir uns sputen, damit die Ernte trocken in die Scheune kam. Aber wenn es von der Tante eine selbst gebackene Torte gab, war alles vergessen. Es gab überwiegend gutes Essen. Nur die ›Milchbrockeles-Suppe‹, diese Suppe aus Dickmilch, die habe ich gehasst. Lieber habe ich gehungert. Meine liebe Mutter hat mir dann abends Bratkartoffeln gemacht. Die Kartoffeln waren natürlich vom Acker meiner Tante.

Die Tante ist vor längerer Zeit gestorben, ihr Mann schon ein paar Jahre früher. Jetzt ist eine andere Generation nachgerückt. Doch die betreiben keine Landwirtschaft mehr. Man lebt und wohnt hier jedoch gut.

Das waren noch Zeiten, als wir hier mitgeholfen haben. Der Krieg war noch nicht ganz zu Ende, als wir hier in Amorbach ankamen. Keiner hatte Geld. Wir waren froh, wenn es Milch und Brot gab, um uns herum Frieden war und wir die Bomben nicht fürchten mussten. Meine Mutter und ich, wir haben oft in Mannheim im Keller gesessen und um unser Leben gebangt. Viele angstvolle Stunden mussten ausgehalten werden, die unendlich lang sein konnten, besonders, wenn eine Bombe in unserer Nähe einschlug. Dann bebte es kräftig, dichter Staub rieselte von der Decke und man konnte kaum noch Atem holen. Ich weiß, was Zittern bedeutet, wenn es ums nackte Leben geht. Die Sirenen gingen uns durch Mark und Bein. Wir wollten sie nicht mehr hören. Wenn wir wieder in den Keller mussten, nahm ich meine liebe Mutter fest an die Hand. So konnten wir beide es besser durchhalten. Wir beteten still zu Gott und baten um sein Erbarmen.

Als es vorüber war und wir den scheußlichen Keller verlassen durften, fanden wir uns kaum noch zurecht. Es gab keine Straße mehr. Wo vorher die Häuser der Freunde waren, standen bloß noch Ruinen. Überall Schutt und Asche, es brannte und die Häuser stürzten ein. Menschen schrien, doch manche konnten nicht mehr schreien, sie lagen leblos am Boden. Man musste über Tote steigen. Es war furchtbar!

Vater schrieb meiner Mutter aus dem Krieg: ›Verlasst sofort Mannheim. Es ist zu gefährlich, noch zu bleiben. Geht zur Schwester nach Neudorf bei Amorbach. Auf dem Land seid ihr noch in Sicherheit.‹

So kamen wir hierher. Ja, das war eine harte Zeit. Wir können froh sein, dass die Zeit jetzt besser ist. Und stellt euch vor, wir sind immer zu Fuß unterwegs gewesen. Die ganze Strecke, von Amorbach bis hier hoch zur Tante, und abends wieder runter. Wenn wir Glück hatten, kam ein Bauer mit Pferdewagen daher. Meistens konnten wir mitfahren.

Wir wohnten in Amorbach bei einem Apotheker, alle in einem Zimmer. Das hatten wir zugewiesen bekommen. Wir kamen ja von Mannheim und waren dort bereits zweimal ausgebombt worden. Meine Mutter machte sich in der Apotheke nützlich, mit Putzarbeiten oder mit dem Abfüllen von Zucker und anderen Dingen. Dafür kostete das Zimmer nichts. Für unser leibliches Wohl mussten wir selbst sorgen.

Einmal, als mein Vater für ein paar Tage aus dem Krieg zu uns nach Hause durfte, ich weiß es noch ganz genau, so, als wäre es der heutige Tag, da war die Freude groß. Ja, wir mussten in unserem kleinen Zimmerchen noch enger zusammenrücken, aber es war eine riesengroße Freude und ein Glück, dass man gesund und heil zusammen sein konnte. Mutter erzählte Vater am nächsten Tag, dass ich dringend Schuhe brauche. Mein Vater begab sich sofort zu der Behörde, über die man damals Schuhe kriegen konnte.

Geld hatten wir ja keines. Aber, er bekam keine Schuhe für mich. Es gab keine. Voller Wut im Bauch kam er zu uns zurück. Er regte sich furchtbar darüber auf. Dann nahm er zwei Stück Holz und bearbeitete sie so lange, bis sie an meine Füße passten. Mit Lederriemchen hat er die Holzstücke befestigt. So musste es dann gehen, auch im Winter, wenn viel Schnee lag. Mutter linderte mir die Kälte mit selbst gestrickten Wollsocken. Und als es dann wieder Schuhe gab, hieß es: Zuerst kommen unsere einheimischen Kinder dran, später erst die Ausgebombten. So ging es zu! Meinen Eltern tat es leid, mit ansehen zu müssen, dass ich keine Schuhe bekam. Etwas später hat sich doch noch eine gute Seele gefunden und ich bekam meine heiß ersehnten Schuhe. Meiner Mutter fiel ein schwerer Stein vom Herzen. Sie freute sich mit mir.

Lotte fragt: »Und wo war dein Vater?«

»Nach dem Krieg war er noch in Gefangenschaft. Aber das ist eine andere Geschichte. Jetzt sind wir froh, dass alles gut vorübergegangen ist und wir glücklich auf unserem Bauernhof leben dürfen.« Rüdiger steht auf und streckt sich. »Jetzt habe ich aber genug aus der Vergangenheitskiste gekramt. Einsteigen meine Küken, es geht runter nach Amorbach. Lotte, dann kannst du gleich sehen, wie weit das auseinanderliegt, wohlbemerkt zu Fuß, ohne Auto.«

Rüdiger fuhr schon eine Weile bergab.

»Sag mal, Rüdiger, wie weit ist es noch? Es ist ja bis hierher schon sehr weit zu Fuß.«

»Wir sind erst die Hälfte gefahren. Bis zur katholischen Kirche sind es nochmals gute zehn Minuten.«

»Das könnte ich nicht laufen«, stellt Lotte fest.

»Aber mit anderen Schuhen schon, Lotte.«

»Nicht jeden Tag.«

»Das wäre mir heutzutage auch zu viel«, gesteht Rüdiger. »So, nun sind wir schon hier vor der Kirche.«

»Wenn ich mir das so überlege, dann ist es ja ein weiter, weiter Weg zu Fuß.«

»Da siehst du's, aber wenn man es tun muss, hat man auch die Kraft dazu.«

Rose fragt ihren Bruder: »Fährst du am Seegarten vorbei oder nimmst du die Abkürzung?«

»Ich fahre die Abkürzung, die Eltern werden schon warten und auf Lotte gespannt sein.«

»Ich freue mich auf deine Eltern, Rose, aber ich werde zusehends nervöser.«

»Warum? Das brauchst du nicht, das sind ganz liebe Menschen. Wie du und ich.«

»Sag mal, Rüdiger, hier fährst du aber einen sehr schmalen Weg?!«

»Ja, dies ist die Abkürzung, meine liebe Lotte. Flurbereinigungsweg. Das wissen nur einheimische Leute. Nur noch eine Biegung und etwas geradeaus, dann kommen wir wieder auf die breite Straße. Du wirst sehen, es weitet sich der Blick und wir stehen vor unserem Gehöft.«

Rose meint: »Liebe Lotte, jetzt musst du die Augen für zwei bis drei Minuten zumachen. Es soll eine Überraschung werden.«

»Ach nein, das ist doch blöd.«

»Es würde mich freuen.«

»Na ja, weil du es bist. Du hast ja immer die tollsten Einfälle.«

»Ich zähle auch die Sekunden mit. Mal sehen, ob es zwei oder drei Minuten werden.«

Lotte macht ihre Augen zu und Rose fängt zu zählen an.

»Jetzt wird es gleich spannend. Drei Minuten sind es, bitte die Augen noch kurz zulassen, gleich sind wir da.«

Rüdiger ruft: »Alles aussteigen, wir sind angekommen.«

»Was, das ist euer Bauernhof?«, staunt Lotte. »Respekt, Respekt. Ein tolles Anwesen. Überall blüht und grünt es.«

»Mach schnell, Lotte, aussteigen!!«

»Ich bekomme die Schuhe nicht an, Rose.«

»Halt, bleib sitzen, ich hole dir Hausschuhe.«

»Danke, Rose.«

Ein kleiner Hund kommt bellend angerannt und springt mit einem großen Satz hoch auf Rüdigers Arme. Der Hund hat ein weiches, weißes Fell und heißt Flocki, sein Herrchen Rüdiger nennt ihn aber »Stups«. Überglücklich will Flocki Rüdigers Nase abschlecken. Aber der will das nicht. Ein kurzer Griff und Flocki landet wieder auf seinen vier Beinen. Die Freude ist jedoch noch nicht zu Ende. Nun geht es weiter, immer hin und her zwischen Rüdigers Beinen.

Rose kommt mit den Hausschuhen zurück. »So, Lotte, du kannst hineinschlüpfen.«

»Oh, die sind sehr praktisch, danke.«

Flocki hat bemerkt: ›Hier kommt noch jemand aus dem Auto. Was ist denn das für eine? Die kenne ich nicht. Die muss ich mir nun genau anschauen, sonst habe ich keine Ruhe.‹

Lotte ist ausgestiegen und steht vor dem Auto. Langsam kommt Flocki auf sie zu.

»Na, wer bist denn du? Ein richtiges kleines Wollknäuel bist du.«

Flockis Nase schnuppert um ihre Beine herum.

»Bin ich dir angenehm?«, fragt Lotte.

Jetzt bleibt Flocki stehen und schwänzelt kräftig mit seinem kleinen Schwänzchen hin und her.

Roses Mutter kommt aus der Haustür. »Will denn keiner hereinkommen?«, ruft sie. »Wir warten schon voller Freude auf euch.«

»Doch, doch«, bekräftigt Rüdiger, »wir sind schon dabei. Lotte und Rose, geht schon mal vor, ich bringe noch Lottes Tasche und ihre Jacke.«

Flocki bleibt bei Rüdiger und schaut zu, was der so macht.

»Mein Stups, schade, dass du nicht helfen kannst. Aber ich schaff das mit der Tasche, ich bin kräftig.«

Flocki dreht seinen Kopf etwas hin und her. Gab es hier nichts zu tun für ihn? Scheinbar nicht. Das war's dann wohl.

»Stups, komm, wir gehen rein.«

Das lässt der sich nicht nochmal sagen. Sofort springt er los und saust vor Rüdiger her durch die offenstehende Haustür.

Da war ein Tohuwabohu, alles lacht und es geht drunter und drüber. Lotte bekommt kaum noch Luft. Roses Eltern wollen nun alles von ihr wissen. Flocki steht hilflos am Boden, schaut von einem zum anderen. ›So laut war es hier noch nie. Egal, es ist wenigstens nicht langweilig‹, denkt er. ›Aber ich gehe in meinen Korb zurück. Es ist mir momentan alles zu viel hier. Ein Auge werde ich halb geöffnet lassen. Die Neue muss unbedingt beobachtet werden. Vorsicht muss sein‹, denkt sich Flocki.

Rüdiger kommt zur Tür herein und stellt erst einmal Lottes Tasche ab. Er hört, wie sein Vater gerade zu Lotte sagt: »Frankfurter Schuhe und Odenwälder Füße.«

Alles lacht. Auch Lotte, sie nimmt es so, wie es gemeint ist, als Spaß.

Als sich wieder alle beruhigt haben, ergreift Roses Vater wieder das Wort: »Darf ich mich vorstellen? Ich bin Florian Brunnenbauer und hier ist meine Frau Heidi.«

Da muss Lotte wieder kräftig lachen. »Sie sind Bauer und heißen Brunnenbauer. Das ist ja komisch, Herr Brunnenbauer.«

Ihr Lachen wird liebevoll unterbrochen. »Ach, Lottchen, du bist so ein süßer Käfer. Du darfst ab sofort ›Du‹ zu uns sagen. Heidi streckt Lotte ihre Hand hin. »Heidi!«

»Und ich bin der Florian.«

»Später stoßen wir mit einem Gläschen Sekt an, Lotte.«

»Ich trinke keinen Alkohol«, sagt Lotte höflich.

»Um so besser«, lobt Heidi. »Wir haben gute Fruchtsäfte da.

Mit etwas Selters verdünnt schmecken sie lecker frisch. Das ›Du‹ muss noch besiegelt werden und der Fruchtsaft erfüllt den gleichen Zweck. Aber in einem schönen Glas bekommst du ihn, damit es auch Freude macht.«

»Ja, danke«

Rose steht dabei und fühlt sich übergangen. »Ich trinke auch keinen Alkohol.«

»Das weiß ich, Rose, und ich finde es sehr lobenswert, aber bei Lotte wusste ich es nicht.«

»Jetzt weißt du es ja.«

»Drum bin ich froh, dass ihr beide so gut zusammenpasst. Doch jetzt, Rose, zeig bitte deiner Freundin ihr Zimmer. Sie wird sich bestimmt etwas frisch machen wollen. In einer halben Stunde ist Essenszeit. Nicht vergessen!«

»Ja, wir sind pünktlich. Komm, Lotte, wir gehen nach oben. Rüdiger, kannst du bitte Lottes Tasche hochtragen?«

»Wird gleich erledigt.«

Rose steigt mit Lotte die Treppenstufen nach oben.

»Tun dir die Füße noch weh?«

»Du, das ist dank deiner Hausschuhe schon viel besser geworden.«

»Aber dein versprochenes Fußbad bekommst du noch nach dem Essen. Du sollst morgen wieder gut laufen können.« Rose bleibt stehen, sie öffnet eine Tür. »Schau, hier ist dein Zimmer. Gefällt es dir?«

»Ja, super«, sagt Lotte und schreitet auf das Fenster zu. »Mein Blick erfasst grüne, saftige Wiesen und Wälder und einen blauen Himmel, ganz ohne graue Wolken. Und diese frische, würzige Luft. Hier macht das Leben Spaß! Die Kühe hier geben bestimmt die beste Milch weit und breit.«

»Das kann man so sagen«, antwortet Rose.

Rüdiger kommt ins Zimmer und stellt Lottes Tasche ab. »Rose, ich gehe Hildegard holen. Zum Essen sind wir dann da.«

»Geht in Ordnung, Rüdiger.«

»Wohnt dein Bruder nicht hier?«

»Nein, die haben ihr neues Häuschen in der ersten Straße rechts, da, wo der große Lindenbaum steht. An der Ecke ist die alte Schule. In den ehemaligen Schulräumen ist heute ein Kindergarten untergebracht. Zur Schule gehen die Kinder jetzt nach Amorbach. Manche Schulkinder werden mit einem Bus dorthin gefahren. Es gibt aber noch andere Möglichkeiten.«

»Aha, so ist das. Liebste Freundin, ich werde mich jetzt etwas frisch machen und meine Tasche auspacken.«

»Gut, dann gehe ich auch schnell was anderes anziehen. Mein Zimmer ist auf der anderen Seite vom Flur, genau hier gegenüber. Bis bald Lotte!«

»Ja, geh nur.«

Lotte freut sich so richtig und fühlt sich pudelwohl. ›Das Zimmer ist schön, die Menschen freundlich. Ich bin gespannt auf Rüdigers Frau.‹ Die Tasche ist schnell ausgepackt und alles ist im Schrank fein säuberlich eingesetzt. ›Nur noch die Schuhe aus dem Stoffbeutel holen. Bin ich froh, dass ich diese Schuhe dabei habe, damit kann ich morgen besser laufen auf diesem Kopfsteinpflaster. Rüdiger wird zufrieden sein.

Rose klopft.

»Ja, bitte.«

»Du, Lotte, wir müssen zum Essen.«

»Ist es schon so spät?«

»Ja.«

»Gut, ich bin auch fertig. Gehen wir los. Aber lass dich anschauen. Schick siehst du aus, Rose.«

»Danke. Das Kleid ist fast noch neu, zweimal getragen.«

»Steht dir wirklich sehr gut. Diese kräftige Farbe blau mit den gelben Pünktchen.«

Gemeinsam geht es die Treppe nach unten.

»Rose, hier duftet es ja köstlich. Deine Mutter hat bestimmt leckere Sachen gekocht.«

»Lass dich überraschen.«

Roses Vater steht unter der Tür und wartet auf die beiden Hübschen. Flocki schießt durch seine Beine hindurch, saust ein Stück die Treppe hoch und geht bellend auf Rose und Lotte los.

Rose schaut ganz erschrocken und redet auf Flocki ein. »Was ist denn in dich gefahren? Knurren tust du auch noch. Das sind ja ganz neue Manieren von dir«

Florian fängt an zu lachen.

»Wieso lachst du, Papa, wenn er so gräulich zu mir und meiner Freundin ist?«

»Mein liebes Kind, das ist doch ganz einfach. Er ist eifersüchtig auf deine Freundin.«

»Meinst du, Papa?«

»Aber natürlich. Lotte könnte ihm was wegnehmen, nämlich dich.«

»Ach, so denkt er. Komm her, mein kleines Wollknäuel«, lacht Rose und hebt Flocki hoch. »Wir haben dich doch so lieb. Lotte ist unser Gast, bitte nicht mehr anknurren, sondern freundlich zu Lotte sein.« Rose setzt ihn wieder auf die braune Treppenstufe zurück. »Ich glaube, jetzt hat er es verstanden«, sagt sie. »Schaut«, jetzt benimmt er sich wie ein kleines unschuldiges Lämmlein.«

Alle lachen fröhlich über die Veränderung.

Rüdiger kommt mit seiner Frau Hildegard zur Tür herein. »Na, was gibt es denn hier? Ist das eine Versammlung?«

»Nein, dein Stups hat sich nur unmöglich benommen.«

»So, wie denn?«

»Indem er uns schrecklich laut angebellt und noch dazu geknurrt hat.«

»Ja, der ist eifersüchtig auf Lotte.«

»Du sagst das auch?«

»Natürlich, das ist doch selbstverständlich.«

»Nun ist er wie ausgewechselt, zahm wie ein Lamm.«

»Dann ist doch alles in Butter.«

»Ich hoffe es.«

»Lotte, darf ich dir meine liebe Frau Hildegard vorstellen.«

»Oh ja, angenehm.«

»Ich habe ihr von dir erzählt«

»Sicherlich von meinen Fußproblemen.«

»Wie ich sehe, geht es dir wieder gut.«

»Dank diesen Hausschuhen.«

Eine laute Stimme ertönt aus der Küche. »Meine Lieben, wollt ihr an der Haustür essen oder am Esstisch?«

»Nee, nee, lieber am Esstisch, wir kommen sofort.«

Heidi kommt aus der Küche.. »Kommt mir alle nach, ich habe die Tafel am Erkerfenster gedeckt.« Sie läuft geradewegs weiter, um die Sitzanweisung zu geben.

»Das ist einladend«, ruft Lotte froh aus. »So schön gedeckt«

»Da hast du dich aber sehr ins Zeug gelegt, meine liebe Heidi.«

»Aber ja, Florian, wir haben doch einen netten Gast, die liebe Lotte.«

»Da müsste öfter mal jemand kommen«, lästert Rüdiger und alles lacht.

Heidi fragt in die Runde: »Wer unterstützt mich? Ich brauche noch ein paar helfende Hände.«

Rose und Hildegard stehen sofort auf.

»Ich helfe auch gern«, sagt Lotte.

»Liebes Lottchen, du darfst sitzen bleiben, um deine Füße auszuruhen.«

»Danke, ich nehme es gerne an.«

Rose und Hildegard folgen Heidi in die Küche.

Rüdiger steht auf, um die Getränke zu holen. Auf einem kleinen Tischchen steht alles bereit, Milch, Wasser und Bier. Rüdiger nimmt das Bierglas zur Hand und fragt: »Wir zwei Männer trinken ein Bier, ist das so recht, Vater?«

»Ja, mein Sohn, es ist so in Ordnung.«

»Was darf es bei dir sein, Lotte?«

»Die frische Milch.«

»Meine Frau will das auch und Rose dasselbe, dann wäre schon alles abgeklärt. Nein, halt, meine Mutter noch. Ich frag sie schnell.«

Rüdiger kommt mit einer Schüssel dampfender Semmelknödel aus der Küche zurück, im Gänsemarsch die drei Frauen hinterher. Rüdiger stellt die Knödel auf dem Tisch ab, greift nach einem Glas und schenkt seiner Mutter gekonnt ein leckeres helles Bier ein, gekrönt von einer Schaumhaube.

»Ach, Rüdiger, da hast du mir zu viel Bierschaum draufgesetzt. Du weißt doch, ich mag das nicht so.«

»Dann tausche doch bitte die Gläser aus. Nimm Papas Glas, er hat den Schaum schon abgetrunken. Papa ist es bestimmt recht.«

»Ich hab nichts einzuwenden, meine Heidi darf das tun.«

»Ist jetzt wieder Frieden, Mama?

»Natürlich, mein Sohn. Das war doch nicht gezankt.« Sie wendet sich nun an alle. »Dann bitte ich zu Tisch.«

Als alle fröhlich beisammensaßen, erklärt Heidi: »Es gibt Semmelknödel, Schweinsbraten und einen frischen Salat mit Kräutern aus dem Garten. Zum Nachtisch dann Joghurt mit frischen Beeren, auch aus unserem Garten. Nun wünsche ich euch ...«

»Nein, Heidi«, unterbricht Florian, der Hausherr, »Noch einen Moment. Ich bitte euch, kurz innezuhalten für ein kleines feines Dankgebet an unseren Herrn!«

Florian setzt sich aufrecht und spricht für alle Anwesenden:

»Oh Herr, segne die Früchte, die hier auf unserem Tisch stehen. Dank sei dir für diesen Segen und dafür, dass du es wachsen lässt in Wiesen, Wald und Feldern. Amen. Und nun, Mahlzeit allerseits.«

»Ihr betet vor dem Essen?«, staunt Lotte.

»Ja, das tun wir. Ich bin Bauer, lebe mit Gott und der Natur im Einklang. Ich will Gottes Schöpfung bewahren. Das tut uns allen gut.«

Während des Essens kommt Florian wieder auf Gottes Schöpfung zu sprechen: »Ich glaube, in der Stadt vergisst man Gott gerne. Bei uns hier auf dem Land ist er stets gegenwärtig, zum Beispiel durch Wegkreuze. Das ist auch gut so! Gott danken hat noch niemandem geschadet, im Gegenteil. Er ist für seine Menschenkinder immer da. Wer zu ihm ruft, den erhört er auch.«

Lotte ist eine gute Zuhörerin, sodass sie nun nachdenklich dreinschaut.

»Nun, Lottchen, du schaust so nachdenklich. Ist irgendwas?«, fragt Heidi.

»Nein, das Essen ist super, sehr lecker. Aber die Worte von Florian haben sich in meinem Kopf festgesetzt. Ich werde bestimmt über Gott nachdenken.«

Und Lotte erntet zufriedene Blicke.

Flocki fängt das Jaulen an.

»Was ist mit dir, Stups? Komm her.«

Flocki bleibt stehen und jault weiter.

»Rüdiger, der muss mal Pipi«, sagt Hildegard.

»Jetzt? Wo ich doch meinen Nachtisch gerade essen will!«

»Ja, aber er muss!«

»Und mein Nachtisch?«

»Den hebe ich dir auf. Geh mit Stups.«

»Ich lass mich gar nicht gerne stören. Aber was sein muss, muss sein, da werde ich mich fügen«, meint Rüdiger, erhebt sich und lässt einen kleinen Pfiff ertönen. »Komm Stups, wir gehen.«

Der kleine Hund rennt ganz schnell zur Haustür.

Der hat es doch ganz schön eilig, denkt Rüdiger, drückt auf die Klinke und öffnet mit einem kurzen Stoß die Haustür. Stups rennt sofort auf einen Baum zu, um sein Geschäft zu erledigen.

Inzwischen hatten sich die anderen über den guten Nachtisch hergemacht und Florian lobt nun seine Heidi im Namen aller. »Das war ein gutes Essen, Heidi.«

Heidi, nimmt das Lob dankend an.

Als Rüdiger mit seinem Stups zurückkommt, fragt er sogleich: »Ist mein guter Nachtisch noch vorhanden?«

»Aber natürlich, ich habe ihn dir doch festgehalten«, versichert Hildegard. »Es wollte dir auch niemand was wegnehmen.«

Rüdiger setzt sich an die Seite seiner Frau. »Mein Liebes, ich freue mich so sehr auf den guten Nachtisch.«

»Schau, deshalb habe ich dir auch das kleine Löffelchen hier aufgehoben.«

»Hm, das ist nett von dir, meine Liebe. Ich genieße jetzt Löffelchen für Löffelchen.«

»Ja, tu das.« Hildegard strahlt Rüdiger mit einem besonderen Lächeln an.

Flocki schleicht sich unbemerkt unter Rüdigers Stuhl und kuschelt sich zu einer Schnecke zusammen.

Rüdiger legt sein sauber geschlecktes Löffelchen auf den Teller zurück. »Das war lecker und nun bereiten wir uns schon einmal geistig auf morgen vor.«

»Aber Rose fehlt noch«, sagt Lotte.

»Ja, wo ist sie denn?«

»Sie hat den Tisch abgeräumt und ist wohl bei ihrer Mutter in der Küche. Sicher hilft sie ihr beim Aufräumen.«

»Dann sollten wir Rose rufen. Auf die Plätze, fertig, los!«

Alle rufen im Chor: »Rooose!!!«

Rose kommt angerannt. »Ja, wo brennt es denn?«

»Da bist du ja!« Fröhliches Lachen begleitete die Worte.

»Was wollt ihr denn?«, fragt Rose.

»Setz dich, mein Schwesterchen. Wir wollen von morgen reden. Vom Ausflug nach Miltenberg mit deiner Freundin Lotte.«

Rose nimmt erwartungsvoll Platz.

»Zuerst muss ich euch sagen: Ich kann leider morgen nicht«, eröffnet Rüdiger.

»Puh, das ist gemein!«, gibt Rose gekränkt zurück.

»Halt, halt lasst mich doch weiterreden. Diese Aufgabe ist schon an meine liebe Hildegard weitergegeben.«

»Juhu! Das ist auch schön«, ruft Rose aus. Auch Lotte freut sich.

»Aber was musst du morgen so Dringendes tun?«, will Rose wissen.

»Ich habe Vater versprochen, mit ihm das Dach von der Scheune zu reparieren. Das schafft ein Mann alleine nicht.«

»Ja, das sehen wir ein!«

»Nun leiten wir den gemütlichen Teil des Abends ein«, verkündet Rüdiger.

Heidi und Florian gesellen sich wieder dazu.

»Die Küche ist picobello aufgeräumt«, teilt Florian mit. »Jetzt genießen wir ein Glas Sekt. Lotte und Rose bekommen ihren Fruchtsaft.«

»Für mich«, sagt Hildegard, »bitte auch einen Fruchtsaft.«

»Dann sind es drei Gläser Sekt und drei Fruchtsaft«, fasst Florian zusammen. »Soll ich den Saft mit gekühltem Selters auffüllen?«

»Ja, bitte.«

»Rüdiger, wo ist denn Flocki?«, fragt Lotte.

»Im Körbchen, sage ich mal.«

»Nun, da ist er nicht. Schau unter deinem Stuhl nach«, lacht Heidi.

»Hier ist er. Er schläft fest, eingerollt wie eine aufgeblasene Igelkugel Schnecke. Lassen wir ihn doch, dann haben wir unsere Ruhe.«

Florian kommt mit den gefüllten Gläsern, setzt sein Tablett ab und teilt das Richtige für jeden aus.

Heidi erhebt ihr Glas: »Stoßen wir mit Lotte an. Freuen wir uns, dass unsere Rose so eine liebe Freundin gefunden hat. Prost, auf die Gesundheit und gute Zeiten.«

Und alle stimmen zu.

Florian möchte etwas Ruhe genießen. Mit einer Zeitung unterm Arm setzt er sich in seinen gemütlichen Sessel.

Rose sagt: »Entschuldigt bitte, ich hole das Fußbad für Lotte.«

Lotte protestiert sofort. »Nein, dazu gehe ich ins Bad.«

»Das brauchst du nicht, meine Liebe. Ich bediene dich. Hier in der Gemeinschaft ist es doch schöner für dich, als ganz alleine im Bad.«

»Wenn du meinst und wenn es keinen stört, soll es so sein.«

»Keine Einwände, Lotte, es ist okay.« Rose steht sofort auf, um das gewünschte Fußbad zu holen.

Da niest es unter Rüdigers Stuhl, dreimal hintereinander.

»Was ist hier unter meinem Stuhl los? Ist dir vielleicht was in die Nase gekommen, Stups? Komm her, mein kleines Wollknäuel, ich schaue nach.« Rüdiger setzt Flocki auf seinen Schoß. »Zeig mal deine Nase her! Ach, kein Wunder, hier kitzelt dich ein Wollfädlein. Das macht dir Herrchen sofort weg, damit das lästige Niesen ein Ende hat.«

Rose bringt das Fußbad für ihre Freundin. Die Schüssel in den Händen, ein schönes weiches Handtuch über den Arm gelegt, ein Buch und den Reiseführer in der Achselhöhle eingeklemmt, kommt sie zu Lotte. »Hier bitte, meine Liebe, das Fußbad und der Reiseführer von Miltenberg. Jetzt kannst du dich schlaumachen. Nimm mir bitte das Handtuch ab. Das dicke Buch vom Bodensee ist für mich. Eine schöne nette Liebesgeschichte, sehr spannend. Das Richtige, um den Abend geruhsam zu genießen.«

Heidi lacht. »Was Geruhsames ist nichts für mich. Ich brauche was zu tun, einen Ausgleich.«

»Und was tust du in diesem Falle?«, fragt Lotte.

»Stricken, meine Liebe.«

»Aha! Und was strickst du?«

»Eine große Decke aus lauter gestrickten Vierecken. Zum Schluss werden die Teile zusammengehäkelt. Und dann kommt noch ein gehäkelter Rand außen herum.«

»Da hast du aber eine umfangreiche Beschäftigung.«

»Ja, Lottchen, aber eine, die mir viel Freude macht. So, ich geh und hole mein Strickzeug.«

Lotte planscht munter mit den Füßen. »Das Fußbad tut mir gut. Morgen werde ich wieder gut laufen können. Aber jetzt beende ich das Fußbad, damit ich meine Nase in den Reiseführer stecken kann. Es reizt mich, etwas über Miltenberg zu erfahren.«

Rose steht auf, um das gebrauchte Fußbad und das Handtuch zu entsorgen.

»Das ist ein Service bei euch«, lobt Lotte.

»Ja, ja«, lacht Rose.

Rüdiger und Hildegard wollen aufbrechen, um auf dem Heimweg noch eine Runde mit Flocki zu gehen.

»Für morgen ist alles besprochen. Um zehn Uhr bin ich da«

»Toll, Hildegard, wir freuen uns.«

»Vergesst nicht, in den ›Riesen‹ zu gehen«, erinnert Rüdiger. »Es ist das älteste Gasthaus weit und breit.«

»Natürlich, wir können unsere Mittagsrast dort machen.«

»Ich habe auch schon etwas darüber gelesen«, teilt Lotte mit.

»Dann wünschen wir euch eine geruhsame gute Nacht und sagen Tschüss!«

3

Die beiden gingen in den Flur. Flocki trottet hinterher. Als Rüdiger die Haustür öffnet, kommt ihnen eine kühle Brise entgegen. Flocki steht da und weiß nicht, was er will. Sollte er mitgehen oder lieber hier bleiben? Die Nacht ist nicht nur kalt, sondern auch finster. Er schüttelt sich kräftig, so, als würde er eine Last abwerfen wollen.

»Stups, aber los nun, wir wollen gehen!«, mahnt Rüdiger.

Flocki reckt die Nase hoch, schnuppert. ›Da ist doch was, da muss ich hin!‹ Ein Sprung und weg ist er.

»So was, erst will er nicht und nun rennt er uns übermütig davon.«

»Nun ja, wir fangen ihn wieder ein«, meint Hildegard. Sie lächelt und schaute ihren Rüdiger an. »Du, ich weiß was, ... und du weißt es nicht!«

Rüdigers Neugierde ist geweckt. »Raus mit der Sprache! Ich will es wissen.«

Hildegard schweigt geheimnisvoll und Rüdiger neckt seine Frau ein wenig.

»Liebster, ich will dich nicht länger auf die Folter spannen. Es ist in meinem Bauch.«

Voller Freude nimmt Rüdiger die Worte auf. Er springt an der nächsten Straßenlaterne hoch, umschlingt sie und dreht sich in einer Spirale darum herum, von oben nach unten. Dabei ruft er: »Juhu! Wir bekommen Nachwuchs!«

»Nicht so laut, bitte. Pst! Was soll das, Rüdiger?«

»Ich liebe dich. In mir ist eine riesengroße Freude.«

»Ist ja gut, ich liebe dich auch. Aber die Nachbarn müssen es nicht gleich mitbekommen. Es soll noch unser Geheimnis bleiben. Das ist erst einmal nur für dich und mich. Lass noch ein paar Wochen vergehen, dann teilen wir es unseren Eltern mit.«

»Ja, ich verstehe, das machen wir«, stimmt Rüdiger seiner Hildegard zu.

»Durch unsere Freude haben wir den Stups vergessen. Siehst du ihn?«

»Nein, nun geht das Suchen los.«

»Geh du, bitte da nach vorne, wo die dunklen Fichten stehen. Vielleicht ist er dort an einem Baum beschäftigt. Ich sehe hier drüben nach, an seinem Lieblingsplatz. Ein Glück, dass er im Dunkeln leuchtet mit seinem weißen Fell.«

»Da hast du recht. Hoffentlich finden wir ihn bald«, sagt Rüdiger.

»Das wünsche ich mir auch, denn ich möchte gerne nach Hause.«

»Viel Glück beim Suchen.«

»Ja, ebenso.«

Ihre Wege trennen sich. Hildegard läuft zu Flockis Lieblingsplatz. Als sie näher herankam, hört sie ein Schnaufen, Pusten und Scharren. ›Ach, da ist er! Oha, mal sehen, wie der nun aussieht.‹ »Stups, was machst du hier? Du siehst aus wie ein kleines Ferkel. Jetzt kommst du an die Leine, es reicht! Deinem Herrchen müssen wir schnell Bescheid sagen, dass ich dich an der Leine habe und nicht mehr loslasse, bis wir zu Hause sind.«

Rüdiger ist schon wieder auf dem Rückweg, er sieht seine Frau, die ihm mit Stups entgegenkommt. »Was für ein Glück! Ihr seid beide wieder da.«

Unter der Straßenlaterne wurde Stups begutachtet.

»Da haben wir den Salat«, meint Rüdiger.

»Gleich gibt es Arbeit«, bemerkt Hildegard.

»Jetzt geht es sofort nach Hause. Aber bevor der Abendfriede einkehren kann, bekommt Stups noch seine Dusche ab.«

»Auf jeden Fall. Das muss sein.«

Händchen haltend gehen sie ihrem Häuschen entgegen.

Im Haus von Heidi und Florian gehen nacheinander die Lichter aus. Nachtruhe kehrt ein.

4

Der nächste Morgen erwacht. Nachbars Hahn erhebt kräftig seine Stimme.

Hildegard ist gut ausgeschlafen. Sie reckt und streckt sich. Ihr Mann schläft noch. Der kleine Wecker, der auf Hildegards Nachtschränkchen steht, zeigt an, dass es Zeit zum Aufstehen ist. Sie gähnt nochmals und schwingt sich aus ihrem angenehm flauschigen Federbett.

Rüdiger erwacht auch und sieht seine Frau in ihre Pantoffeln steigen. »Was machst du, Liebes? Stehst du schon auf?«

»Ja, ich helfe deinen Eltern im Stall bei den Milchkühen, damit sie früher fertig werden.«

»Da komme ich auch mit«, verkündet Rüdiger.

»Dann mal los, raus aus den Federn!«

Schnell die Kleider übergezogen, etwas Katzenwäsche tut es jetzt. Geduscht wird, wenn die Arbeit im Stall getan ist. Noch schnell rüber in die Küche. Flocki schläft noch in seinem Körbchen, das soll auch so sein. Gemeinsam wird noch eine heiße Tasse Milch getrunken.

»Bist du fertig, mein Liebes?«

»Ja, gestiefelt und gespornt.«

»Dann lass uns in den Keller gehen. Dort stehen meine Stiefel bereit.« Rüdiger schlüpft in die Stiefel.

»Aha, der gestiefelte Kater ist bereit zum Abmarsch.«

Rüdiger lacht und gibt seiner Frau ein Küsschen.

»Hm, der schmeckt nach mehr.«

»Später, mein Liebes. Jetzt ruft die Arbeit. Abmarsch durch die Kellertür«, ermuntert Rüdiger seine Frau.

Draußen werden sie von kühler, feuchter Luft empfangen. Der Morgentau liegt über Wäldern und Wiesen.

Hildegard zieht ihre Jacke fester um sich. »Man meint gar nicht, dass es Sommer ist, ganz schön kühl heute Morgen.«

Sie laufen durch eine Wiese, die direkt zum Stall führt.

»Schau mal auf deine Stiefel, Liebes, wie nass die geworden sind.«

»Deine auch«, kichert Hildegard und schiebt dabei die große Stalltür auf.

Ihr Blick fällt nicht wie gewohnt auf die Kühe und ihre Schwiegereltern, sondern auf Lotte. »Wie gibt es so was? Du bist schon auf den Beinen?«

»Ja, ich habe schon einen Dauerlauf mit Rose hinter mir.«

»Da bin ich aber platt«, gesteht Hildegard.

Rüdiger schiebt sich nach vorne. »Hut ab, ich habe nicht damit gerechnet, dich in aller Frühe hier im Stall anzutreffen. Du bist doch unser Gast.«

»Oh, das macht mir nichts aus. Ich habe heute sogar schon beim Heu verteilen geholfen.«

»Flott, flott«, meint Hildegard.

»Nun, ich möchte mich nützlich machen. Die Arbeit bei den Kühen gefällt mir. Der Stall ist so sauber. Die Kühe sehen gepflegt aus. Da macht es Freude, mit anzupacken.«

Florian kommt gerade mit einer großen Kanne Milch vorbei. Er hört Lottes Worte und sagt: »Die Kühe sind eine Herausforderung für mich. Ich habe Spaß daran, einen gepflegten Stall vorweisen zu können und ganz besonders freue ich mich an den gesunden Kühen. Das ist mit dem Stall hier wie im eigenen Haus. Da soll es doch auch schön und sauber sein. Also warum nicht auch hier? Die Kühe danken es uns mit gesunder, frischer, hochwertiger Milch. Aber ich muss los, die vollen Kannen müssen vor den Stall gestellt werden. Die Zeit läuft mir davon.«

»Ich helfe dir mit den Milchkannen, Vater, dann geht es schneller.«

»Danke, mein Sohn.«

Heidi ist mit ihrer Arbeit fertig. »Die Kühe sind gemolken. Ich möchte jetzt ins Haus, um eine Dusche über mich ergehen zu lassen. Aber für euch gibt es noch Arbeit. Das alte, verbrauchte Stroh muss abgetragen werden. Und dann bitte wieder alles gut mit frischem Stroh auslegen.«

»Da helfe ich mit, damit die Arbeit schnell fertig wird«, sagt Hildegard.

»Hildegard, noch eine Bitte. Schau nach dem kleinen Kälbchen, es braucht deine Streicheleinheiten.«

»Das tu ich doch gerne.«

»Später dürfen die Kühe auf die Weide, wenn es nicht mehr so nass ist. Es wird heute ein schöner, sonniger Tag. Um acht Uhr gibt es Frühstück. Rose richtet es schon. Ihr seid auch willkommen.«

»Oh, danke, Heidi.«

»Ein paar mehr am Tisch, das macht uns doch nichts aus. Im Gegenteil, wir freuen uns, wenn es lebhaft zugeht.«

»Heidi, ich komme mit dir. Vielleicht kann ich Rose etwas zur Hand gehen.«

»Dann komm, Lotte.«

»Also, bis später, Hildegard.«

Draußen sind nun laute Geräusche zu vernehmen, das Milchauto brummt heran. Die Männer stehen parat. Es muss schnell gehen, damit die Milch nicht sauer wird. Alle Milchkannen werden auf die Laderampe gestellt. Der Fahrer stellt sich dazu, drückt auf den Knopf und fährt die Rampe nach oben. Von dort schiebt er Florians Milchkannen zu denen der anderen Bauern. Die Namen der Bauern stehen jeweils auf dem Milchkannendeckel, damit man weiß, von welchem Bauern die Milch ist. Heute sind es zehn Milchkannen von Bauer Brunnenbauer. Jeder Bauer besitzt ein Milchbüchlein. Darin bestätigt jetzt der Fahrer mit seiner Unterschrift die Anzahl der Milchkannen, die er aufgeladen hat. Das ist so an jedem Tag. Am Monatsende bekommt der Bauer von der Milchgesellschaft seinen Lohn. Früher waren es bei Brunnenbauers mehr Milchkannen als heute, aber es wurden zwei Milchkühe verkauft, damit wieder eine neue Art hinzukommen kann. Florian probiert gerne etwas aus. Das Milchauto brummt wieder zügig davon. Die zwei Männer gehen in den Stall zurück.

»Wo ist denn meine Hildegard?«, fragt Rüdiger.

»Hier, bei dem Kälbchen.«

»Wie geht es dem Kälbchen?«

»Gut, besonders wenn es von mir gestreichelt wird. Ich habe es gebürstet und ihm frisches Stroh auf den Boden gelegt.«

»Das ist ein Prachtstück«, sagt Florian. »Das wird eine gute Milchkuh werden. Es ist gesund und trinkt gut, das ist sehr wichtig, damit es sich gut entwickeln kann. Der Tierarzt kommt am Nachmittag vorbei. Er will nach dem Kälbchen schauen. Es muss eine Spritze bekommen wegen einer Wurmkur. Das ist halt so bei den Kleinen, ansonsten ist es putzmunter.«

»Das Spritzen wird dem Kälbchen bestimmt keine so große Freude bereiten«, meint Hildegard.

»Nun, es ist wie bei den Menschen, aber es muss sein«, erklärt Florian.

»Bitte alle mit anpacken, wir müssen fertig werden«, ermahnt Rüdiger. »Sonst gibt es Zoff mit Heidi, wegen des Frühstücks.«

»Ja, stimmt.«

Florian war die Leiter zum Dachboden hochgeklettert. »Vorsicht!«, ruft er und wirft zwei große Strohballen nach unten.

Rüdiger packt sie und wirft sie nun seinerseits in den Mittelgang.

Florian klettert wieder herunter. »Hildegard, du kannst gleich mit dem Verteilen anfangen. Ich räume sofort die vorderste Reihe leer.« Er holt die Schubkarre und schafft das verbrauchte Stroh nach draußen.

Hand in Hand wird gearbeitet, bis alles getan ist.

Rüdiger schaut auf seine Armbanduhr. »Es ist schon Viertel vor acht. Gut, das wir fertig sind.«

Hildegard ist zufrieden. »Man merkt, dass die Kühe sich sehr wohl fühlen, sie kauen freudig an ihrem Heu.« Sie geht zu den beiden Männern und verkündet: »Ich habe einen enormen Hunger!«

»Dann lass uns sofort frühstücken gehen. Komm, Vater, wir gehen zu Mama rüber, frühstücken.«

»Das ist eine gute Idee, Junge. Hier im Stall sind wir ja auch fertig mit der Arbeit. Nach dem Frühstück lassen wir die Kühe auf die große Wiese hinter dem Haus. Danach, Rüdiger, erledigen wir die Reparatur am Scheunendach.«

»Klar, Vater, das wird heute erledigt.«

Hildegard steckt ihre rechte Hand in Rüdigers Hosentasche. »So fühle ich mich gut geborgen an deiner Seite.«

Rüdiger antwortet mit einem geheimnisvollen strahlenden Blick, der sagen soll: Wir beide wissen was.

Florian marschiert hinter den beiden. »Ihr seht von hinten lustig aus. Dies würde ein schönes Bild abgeben fürs Familienalbum.«

»Ja, ja«, meint Hildegard.

Gemeinsam biegen sie um die Ecke zum Haus.

Vor dem Haus zieht ihnen Kaffeeduft in die Nase. Die Haustür steht weit offen.

»Hm, es riecht schon gut. Komm, Liebes, ich ziehe dir die Stiefel aus.«

»Oh, das ist ja ganz was Neues, Rüdiger!«

»Ich muss doch meine kleine Frau unterstützen.«

Hildegard setzt sich auf die Bank neben der Haustür. Sie streckt Rüdiger ihre Füße hin. Der packt an und zieht kräftig.

»Halt, halt! Nicht so doll, ich falle von der Bank«

Florian steht dabei und meint: »Ihr zwei benehmt euch heute wie die Turteltäubchen.«

»Das empfinde ich nicht so. Beinahe wäre ich von der Bank gerutscht«, braust Hildegard auf.

»Liebes, ich hätte dich sofort aufgefangen.«

»Ja, ja! Wenn das Kind schon in den Brunnen gefallen ist.«

Alle müssen lachen. Rüdiger unterbricht das fröhliche Gelächter. »Pst! Seid mal still! Hört, die Kuckucksuhr ruft! Wir sind ganz pünktlich, auf die Minute.«

Heidi kommt dazu. »Das lob ich mir, diese Pünktlichkeit. Nun, hineingeschlüpft in die Puschen.«

»Drängel doch nicht so, Heidi«, meint Florian. »Wir sind

gleich bei dir am Frühstückstisch. Erst noch die Hände waschen, dann sind wir da.«

»Ich gieße euch schon mal Kaffee ein«, meint Heidi und geht wieder ins Haus.

Drinnen wartet man schon ungeduldig auf die drei, die noch fehlen. Jetzt hört man sie kommen.

»Na endlich«, meint Rose zu Lotte. Die beiden Mädchen sitzen schon gestiefelt und gespornt am Frühstückstisch.

»O, là, là!, unsere Küken sind reisefertig.«

»Ja, wir haben uns für das kleine Städtchen Miltenberg herausgeputzt.«

»Ich bin noch nicht soweit«, sagt Hildegard.

»Das wissen wir. Es geht um zehn Uhr los.«

»Greift zu«, bittet Heidi.

Lotte nimmt sich ein Brötchen und schneidet es auf. »Das liebe ich, ein innen festes Brötchen, das außen schön knusprig ist.« Sie streicht gut Butter darauf und beißt mit Genuss hinein. Sie kullert mit den Augen. »Heidi, die Butter auf meinem Brötchen schmeckt wunderbar frisch.«

»Das merkst du, Lotte?«

»Ja sicher.«

»Die Butter ist selbst gemacht, von meinen Händen. Aber nur für unseren Eigenbedarf.«

»Die Frische der Landluft schmeckt man aus dieser Butter«, behauptet Lotte.

»Wenn sie dir so gut schmeckt, bekommst du ein Stück, bevor du nach Hause fährst.«

»Danke, Heidi, das finde ich super. Da kann ich meinen Eltern ein Stück von eurem Bauernhof mitbringen.«

»Ach, Lotte, du bist doch ein lustiger Käfer«, meint Heidi, die sich über Lottes Einfall freut.

Dieser Ausruf ruft allgemeine Heiterkeit hervor und Lotte schaut in fröhliche, zustimmende Gesichter.

Das Frühstück ist für alle erholsam und genüsslich.

Hildegard ist gesättigt und guter Laune. Plötzlich hat sie

es sehr eilig. »Der Stups muss Gassi gehen und ich unter die Dusche.«

»Hildegard, das mit Stups erledigen wir, Lotte und ich«, sagt Rose.

Im Nu ist es mit der Gemütlichkeit am Frühstückstisch vorbei. Alle stehen jetzt auf, um ihrer Beschäftigung nachzugehen.

Heidi schiebt ihren Stuhl zurück, um auch aufzustehen. ›Jetzt hat sich die Gemeinschaft aber schnell aufgelöst‹, denkt sie und geht in ihre Küche, um mit der Hausarbeit anzufangen.

Rose kommt noch einmal hereingesprungen. »Mama, Hildegard lässt dir ausrichten, sie fahren gleich morgen in aller Frühe in den Odenwald, nach Erbach, zu ihren Eltern, der Familie Richter. Und Lotte, Hildegard und ich wollen mittags essen gehen, zum Riesen. Deshalb brauchst du heute Abend nichts Warmes zu kochen. Mach dir einen gemütlichen Tag, Mama.«

»Das passt gut so, dann versorge ich die Männer am Mittag mit Essen. Nachmittags nehme ich mir frei. Schon lange wollte ich eine nette Freundin besuchen. Heute tu ich das.«

»Fein, Mama, bis heute Abend. Irgendwann tauchen wir wieder auf.«

»Ja, das wird ein lustiger Ausflug werden, denke ich. Viel Freude wünsche ich euch.«

»Tschüss, bis heute Abend.«

5

Vor Hildegards Haus wartet Lotte schon ungeduldig mit Flocki an der Leine.

»Was meinst du, Flocki? Kommt Rose bald?«

Flockis Schwänzchen beginnt hin und her zu wackeln.

»Siehst du die Rose schon? Aber ja, sie kommt.«

Freudig springt Flocki auf Rose zu.

»Nicht so schnell!« Doch es hilft nichts, Lotte muss rennen, denn Flocki zieht sie einfach mit.

»Ja, fein«, lobt Rose. »Du bist ein braver Hund.« Sie übernimmt Flocki.

»Was für ein Glück«, meint Lotte,, »dass ich meine ›Flachländler‹ anhabe. Sonst hätte ich ihn loslassen müssen.«

»Siehst du, das sind die richtigen Schuhe für heute.«

»Du hast recht, meine liebe Freundin. Übrigens, Hildegard möchte nicht, dass wir Flocki losbinden. Gestern Abend hätte er in einem Loch gewühlt. Danach hat er angeblich ausgesehen wie ein kleines, dreckiges Ferkel.«

»Nun ja, dann muss er eben an der Leine bleiben.«

Flocki zieht sie sofort zur Wiese hin. Brav erledigt er sein Geschäft. Zum Abschluss scharrt er noch kräftig mit den Hinterpfoten. Mit einem lauten »Wau, wau« zeigt er an, dass er fertig ist.

»So, und nun willst du gelobt werden«, spricht Rose und tut es dann auch. »Ja, das hast du fein gemacht.«

Flocki trottet zufrieden aus der Wiese.

Ein lauter Pfiff ertönt.

»Wo kommt denn bloß der Pfiff her?«, fragt Lotte.

»Schau geradeaus, da, auf das Haus von Hildegard.«

»Ach nee, die kann so laut pfeifen?«

»Das hast du doch gerade gehört.«

»Ja, ich muss staunen.«

»Sie winkt uns zu. Es kann losgehen.«

Der rote NSU Prinz steht zur Abfahrt bereit. Rüdiger hat so geparkt, dass seine Frau gut wegfahren kann. Flocki zieht jetzt kräftig an der Leine, denn er will zu Frauchen. Im Sauseschritt kommen sie an.

»So eilig haben wir es doch gar nicht, dass ihr so angesaust kommt.«

»Nun, dann frag mal deinen Hund. Ein Pfiff von dir, und er saust los.«

»Er ist eben gut erzogen«, schmunzelt Hildegard.

Die beiden Küken lachen. »So wie gestern Abend?«

»So eine kleine Panne kann schon mal passieren.«

»Aber was wird jetzt mit Flocki? Darf er mit oder soll er hierbleiben?«

»Ich würde sagen«, meint Hildegard, »er bleibt zu Hause. Komm, Stups, du musst ins Haus zurück.«

Drinnen bringt Hildegard ihn zum Körbchen. »Schau, was Frauchen für dich hat, eine kleine quietschende Puppe. Damit bist du eine Zeit lang beschäftigt.«

Flocki spielt sogleich mit der Puppe und merkt gar nicht, dass sein Frauchen das Haus wieder verlässt.

Hildegard kommt zum Auto zurück. »Was steht ihr beide noch so rum? Das Auto ist offen. Bitte einsteigen, und macht es euch bequem.«

»Du hast uns nicht darauf hingewiesen.«

»So, so, nun bleibt friedlich. Es wird ein herrlicher Tag werden, blauer Himmel und Sonnenschein.«

»Wir freuen uns auch«, sagt Lotte. Sie hat auf der Rückbank Platz genommen. Rose sollte vorne bei ihrer Schwägerin sitzen.

»Kann ich starten?«, fragt Hildegard.

»Ja, bitte, es ist alles okay.«

»Schau, Hildegard, die beiden Männer sind emsig beim Arbeiten auf dem Scheunendach.«

»Ach, da fällt mir etwas ein, Rose«, sagt Hildegard. »Steig bitte noch mal aus. Geh zu Rüdiger und sage ihm, dass Stups zu Hause ist. Er soll ihn später holen.«

»Och, wieder abschnallen und aussteigen«, meutert Rose.

»Aber, aber, ich tu doch auch was für euch.«

»Oh, bitte entschuldige, Hildegard. Ich war etwas ..., du weißt schon.«

»Du solltest dich bessern und nicht gleich so knurrig sein.«

»Ich nehme es mir zu Herzen.«

Rose läuft los und richtet Rüdiger aus, was er tun soll. Hurtig kommt sie zurück und setzt sich wieder auf ihren Platz. »Es kann losgehen.«

»Nein, meine Liebe, noch anschnallen.«

»Ach ja, immer vergesse ich das.«

»Macht nix, ich passe auf«, lacht Hildegard, und dreht den Zündschlüssel, um zu starten. Im Rückspiegel sieht sie, wie Heidi die Kühe auf die Wiese treibt. »Ist das ein wunderschöner Tag. Er soll uns Freude bereiten«, verkündet sie und freut sich aufs Autofahren.

Die Fahrt geht zügig voran.

»Leider haben wir noch kein Autoradio«, meint Hildegard.

»Das macht nichts«, gibt Lotte zur Antwort. »Wir könnten doch zum Beispiel selber singen.«

»Gute Idee! Also fangen wir mit einem fröhlichen Lied an. Wer fängt an?«

Lotte denkt nach. »Mir fällt nichts ein ..., doch, ich hab's! Fuchs, du hast die Gans gestohlen, gib sie wieder her, und so weiter, und so weiter.«

Jede konnte mit einem netten Kinderlied punkten. Sie staunten, was da alles wieder so zum Vorschein kam. Die Kinderlieder aus der Schule waren nicht vergessen. Sie sangen während der ganzen Fahrt.

In Miltenberg fährt Hildegard auf einen Parkplatz.

»Das ging flott voran«, sagt Lotte, »Nicht einmal eine ganze Stunde hat die Fahrt hierher gedauert.«

»Gut gefahren«, lobt Rose. »Danke, es hat so richtig Spaß gemacht. Und, was unternehmen wir zuerst?«

»Zum Mittagessen ist es noch zu früh.«

»Ja«, meint Lotte, »ich habe auch noch keinen Hunger.«

»Wir auch nicht. Dann lasst uns doch zur Mildenburg hochgehen«, schlägt Hildegard vor.

»Ja. Wir können dann auf dem Rückweg noch mal am Main entlanggehen. Jetzt gehen wir bis zur Kirche und in die Straße zum Schnatterloch, dann am Brunnen vorbei, rechts über die paar Treppenstufen und geradewegs die kleine Steigung zur Burg hoch. Später, wenn wir auf der Burg waren, laufen wir noch ein bisschen durch die Stadt und zum ältesten Gasthaus Deutschlands, dem ›Riesen‹.«

»Ich bin gespannt auf die Burg, kann es kaum erwarten«, verrät Lotte.

»Also, auf was warten wir noch? Gehen wir. Euer Rucksäckchen habt ihr dabei?«

»Ja.«

»Ich habe den Fotoapparat dabei und wir haben auch gutes festes Schuhwerk an.«

»Nun geht es los. Avanti!«

6

In der Zwischenzeit arbeiten die Männer auf dem Scheunendach im Brunnenbauerhof. Die Arbeit geht gut voran. Das Ende ist in Sicht.

»Vater, hier, der letzte Nagel. Wir haben eine gute, akkurate Arbeit geleistet.«

»Die Arbeit ist uns gut gelungen«, bestätigt Florian. »Der starke Wind kann diesem Dach nichts mehr anhaben. Es ist rüttel- und schüttelfest, mein Sohn. Mit dir lässt es sich gut arbeiten, muss ich feststellen. Eine gute Mahlzeit haben wir uns jetzt verdient.«

»Ja, Vater, du sagst es. Sei vorsichtig beim Absteigen, dass du mir nicht abrutschst.«

»Du brauchst keine Angst zu haben. Ich passe auf.«

»Moment, ich halte dich fest, bis du auf der sicheren Seite bist.«

»Gut so, ich danke dir.«

»Du kannst schon mal vorgehen, Vater, ich komme gleich nach. Habe einen Auftrag von meiner Frau zu erledigen. Ich soll den Stups aus unserem Haus holen.«

»Ist in Ordnung. Vielleicht darf ich schon mal bei meiner Heidi in den Kochtopf schauen.«

»Bestimmt hat sie das Richtige gekocht, Vater.«

Rüdiger geht zu seinem Haus.

Florian begibt sich schnurstracks zu seiner Frau in die Küche. »Hier riecht es gut nach Essen. Ich habe schon einen riesigen Kohldampf«, gesteht er.

»Du darfst gleich essen.«

»Was gibt es denn hier in diesem großen Topf?« Neugierig hebt Florian den Deckel etwas an. »Oh, Kartoffelsuppe, meine Lieblingssuppe. Und einen Apfelkuchen aus Hefeteig sehe ich auch. Da freut sich mein Magen, mein liebes Weibchen.«

»Aber zieh dich bitte vor dem Essen noch um. Soviel Zeit muss sein.«

»Zu Befehl, mein Weibchen.«

»Wo bleibt Rüdiger?«

»Er ist nach Hause gegangen, um Flocki zu holen.«

»Aha! Ich stelle inzwischen die Teller bereit.«

Florian schreitet fröhlich singend die Treppe nach oben, aus voller Kehle erschallt das Lied »Trara, Trara, die Post ist da«.

Heidi hört es. Sieh an, er ist gut drauf, mein Florian. Das macht die Aussicht auf sein Lieblingsessen. Als Heidi den Kuchen aufschneidet, hört sie kräftiges Bellen. Das kann nur einer sein, unser Flocki.

Lautstark kommt Flocki in die Küche gefegt, setzt sich vor Heidi hin und fängt traurig zu jaulen an.

»Ich weiß, was dir fehlt«, spricht Heidi. »Soll ich zum Kühlschrank gehen, eine Wurst holen?«

Flocki jault herzzerreißend, lauter und lauter.

»Du bekommst die Wurst aber erst, wenn du ›Bitte, bitte‹ machst. Bei deinem Herrchen kannst du es so schön. Nun, bitte schön, probier es, mein Flocki.«

Rüdiger kommt herein und sieht, was vor sich geht. »Ha, ha, meine Mama will den Stups trainieren.«

»Ja, es gelingt mir aber leider nicht.«

»Du musst die Wurst in deine rechte Hand nehmen und hochhalten. Dann kann es klappen.«

Heidi tut, was ihr Sohn sagt. Flocki versucht nun, sich auf die Hinterpfoten zu stellen. Nach ein paar Fehlversuchen und mit viel Geduld gelingt es..

»Er macht es«, freut sich Heidi.

»Ja, unser Flocki ist schlau«, spricht Florian, der gerade zurückgekommen war.

Heidi blickt ihn erstaunt an. »Du hast dich aber fein herausgeputzt.«

»Vorläufig ist Feierabend für mich. Heute Nachmittag arbeite ich nicht«, erklärt Florian. »Ich werde die Zeit mit Lesen oder Musik hören verbringen. Aber gib doch bitte Flocki endlich die Wurst. Er bittet schon die ganze Zeit.«

»Ja, natürlich. Flocki, lass es dir schmecken.«

Flocki schnappt zu und verzieht sich sofort unter einem Küchenstuhl.

»So, jetzt haben wir unsere Ruhe. Mahlzeit!«

Nach dem Essen dankt Rüdiger seinen Eltern für das gute Mahl. »Nun muss ich mich auf die Socken machen. Der Rasen muss gemäht werden, bis zur großen Wiese hin. Diese Arbeit muss ich heute noch tun. Denn morgen in aller Frühe geht es ab in den Odenwald zu Hildegards Eltern.«

»Recht so, mein Sohn. Herzliche Grüße an deine Schwiegereltern.«

»Das richte ich gerne aus.«

»Bleibt mir fit und guter Dinge.«

»Wir werden es versuchen.«

»Eine gute Fahrt, mein Sohn, und bis bald.«

Rüdiger bringt die Leine zu seinem Hund. »Hier Stups, bitte schön, trag deine Leine«, fordert er ihn auf.

Der reißt sofort seine Hundeschnauze weit auf, schnappt zu und wedelt freudig mit dem Schwanz. Er weiß, jetzt geht es Gassi.

»Mein lieber Florian, was denkst du, was ich jetzt vorhabe?«, macht Heidi ihren Mann neugierig.

»Hm, das Raten ist nicht so meine Stärke.«

»Dann will ich es dir sagen. Nun mache ich mich hübsch und gehe auf einen Besuch zu meiner Freundin Monika. Bin aber wieder rechtzeitig da. Ich lass dich nicht mit den Kühen alleine.«

»Tu das, mein Liebes.«

»Bist du mir auch nicht böse?«

»Warum sollte ich? Du sollst deine Freiheit haben. Wenn ich sie mir nehme, ist's auch gerecht für dich. Dieser aufgeteilte Tag tut unseren Seelen gut, mein Schatz. Mich zieht das Sofa nun stark an.«

»Und ich gehe mich umziehen. Leg bitte die Autoschlüssel auf den Küchentisch.«

»Das tu ich, mein Liebes. Aber fahr bitte vorsichtig«, mahnt Florian.

Heidi hört die Worte ihres geliebten Mannes, als sie schon die Treppe hinaufsteigt und denkt: ›Das werde ich tun‹.

7

Drei Stunden später sitzen die drei jungen Frauen nach intensiver Burgbesteigung an einem Tisch im Gasthaus zum Riesen und strecken die Beine lang.

»Ich bin so richtig abgelatscht«, stöhnt Lotte.

»Was soll das denn heißen, Lotte?«, fragt Rose lachend.

»Meine Füße«, jammert diese.

»Du hast doch deine ländlichen Schuhe an.«

»Trotzdem, ich bin geschafft. Sofort muss eine kräftige Stärkung her, damit ich wieder zu Kräften komme.«

»Du Arme! Hat es dir nicht gefallen?«

»Es war super, es hat alles gepasst, war aber auch ganz schön anstrengend«, antwortet Lotte schnell. »Die Verschnaufpause tut uns sicher allen gut«, setzt sie hinzu.

Hildegard und Rose stimmen ihr zu.

»Damit hast du ja recht, es reicht uns auch.«

Die Kellnerin kommt und überreicht den Damen drei Speisekarten. Die Getränke werden sofort bestellt. Das Speisen aussuchen dauert etwas länger. Es wird still am Tisch, jede vertieft sich in die Speisekarte.

Nach einer Weile ruft Lotte: »Ich habe es. Das Menü auf der zweiten Seite passt mir gut. Das bestelle ich.«

»Da hast du aber einen großen Appetit.«

»Ja, das brauche ich heute.«

»Wenn ich es mir so richtig überlege«, meint Rose, »könnte es auch für mich gut sein.«

Hildegard schwankt zwischen zwei Menüs.

Die Kellnerin kommt an den Tisch zurück. »Haben Sie ausgewählt, meine Damen?«

»Ja«, sagt Lotte, »das erste Menü auf der zweiten Seite.«

»Das will ich auch«, ergänzt Rose die Bestellung.

Hildegard zögert noch eine kurze Zeit, dann gibt sie sich einen Ruck. »Für mich bitte auch.«

Die Kellnerin nimmt die Speisekarten wieder entgegen. »Meine Damen, es wird nicht lange dauern.«

Lotte schaut auf ihre Hände. »Seht her, ich zittere vor lauter Hunger.«

»Wenn das Essen gebracht wird, kriegst du auf jeden Fall als Erste was«, sagt Rose. »Sonst kippst du uns noch vom Stuhl.«

»Das könnte passieren«, bestätigt Lotte.

»Lotte, stell dir das mal bildlich vor«, sagt Rose grinsend.

Bei dieser Vorstellung müssen alle drei kichern, und dann erschallt ein lautes Gelächter.

Hildegard powert los. »Da würde ich gleich meine Kamera rausholen und drauflosknipsen. Das Bild würde ich so nennen: Vor lauter Hunger vom Stuhl gekippt, und das noch in einem Gasthaus.«

Wieder fröhliches Lachen am Tisch.

»Aber jetzt im Ernst«, sagt Lotte zu Hildegard. »Du hast heute viele Bilder geknipst, wie ein echter Profi.«

»Und ihr«, kontert Hildegard, »habt euch wie echte Models zur Schau gestellt.«

Im Chor sagen die beiden: »Auf diese Bilder sind wir gespannt.«

»Ja, das wird eine Überraschung«, sagt Hildegard. Nach dem Essen werde ich gleich ein Fotogeschäft aufsuchen und die verknipsten Filmrollen abgeben.«

»Wie viele sind es denn?«, fragt Rose.

»Lass mich zählen.« Hildegard schaut in ihrer Kameratasche nach. »Fünf habe ich verknipst, einer ist noch in meiner Kamera. Den habe ich aber erst eingelegt und noch kein Bild gemacht, der ist für den Odenwald gedacht.«

»Aha.«

»Ja, meine lieben Mädels. Aber ihr beide könntet die fertigen Bilder abholen. Ich bin ja nicht da. Hopsa, das Essen kommt, wir müssen Platz machen.« Hildegard stellt schnell ihre große Kameratasche auf die Sitzbank zurück.

Keine muss warten. Die Kellnerin serviert allen auf einmal.

Gasthaus zum Riesen

»Sehr lobenswert«, bemerkt Rose.

»Für uns eine gesegnete Mahlzeit«, spricht Lotte.

Hildegard und Rose danken.

Nach dem guten Mahl wird die Zufriedenheit beim Zahlen mit einer Zugabe belohnt. Die Kellnerin schaut aufmerksam und bedankt sich herzlich bei ihren freundlichen Gästen.

Hildegard greift nach ihrer Kameratasche. »So wir könnten gehen.«

»Nein«, meint Lotte, »erst noch für kleine Mädchen.«

»Ach ja, das betrifft auch uns«, sagt Rose. »Ich würde sagen, wir treffen uns dann unten wieder, auf der Straße.

Ein paar Minuten später sind alle wieder beisammen. Lottes Gesicht strahlt so, dass Rose aufmerksam wird.

»Lotte, du strahlst wie ein aufgegangener Hefepfannkuchen.«

»Mir geht es auch gut. Ich bin gestärkt und zufrieden.«

»Dann können wir ja loslaufen«, sagt Rose.

»Nicht so stürmisch, meine Küken. Zuerst gehen wir hier in das Fotogeschäft. Ihr kommt bitte beide mit hinein, damit ich sagen kann, wer die Bilder wieder abholt.«

Beim Eintreten in das Geschäft gibt es eine kleine Aufregung, weil dort eine Stimme ertönt, ohne dass ein Mensch zu sehen ist. Sie hören die Worte: »Guten Tag. Guten Tag, hier herein ...« Die Frauen wundern sich. Wer spricht da?

Hildegard will gehen, es ist ihr zu dumm.

Da tritt der Verkäufer durch die Tür vom Nebenzimmer und kommt schmunzelnd auf sie zu. »Guten Tag, meine Damen. Was kann ich für Sie tun?«

Fragend schaut Hildegard den Verkäufer an. »Die Stimme vorhin klang seltsam. Sie haben doch jetzt ganz anders zu uns gesprochen.«

»Ja, entschuldigen Sie, wenn ich eine Verwirrung angerichtet habe. Schauen Sie bitte, meine Damen, hier ist der Übeltäter.«

Ein Blick in das Zimmer nebenan bewirkt ein großes Staunen.

»Sieh an, ein Papagei! Schöne bunte Federn hast du«, sagt Hildegard.

»Guten Tag! Guten Tag!«, tönt es wieder.

»Du hast uns ja ganz toll reingelegt.«

Der Vogel aber schaut unschuldig wie ein Lamm auf die neugierigen Frauen und lässt sich ansonsten beim Aufknabbern einer großen Erdnuss nicht weiter stören.

»Dir könnte man stundenlang zuschauen. Das geht aber leider nicht.« Hildegard wendet sich wieder dem Verkäufer zu, um die Filme abzugeben. »Bitte schön, es sind fünf Filme.«

»Wie groß darf ich Ihnen die entwickelten Bilder machen lassen?«

Hildegard überlegt. »Ich denke 9x13 wäre uns recht.« Sie schaut fragend zu Lotte und Rose. Die nicken zustimmend.

»Gut, dann könnten sie die Bilder in drei Tagen abholen. Bitte noch Ihre Adresse.«

Hildegard gibt dem Verkäufer ihre Adresse. »Abgeholt werden die Bilder nicht von mir, sondern von diesen zwei Damen hier.«

»Danke, dann weiß ich Bescheid, Frau Brunnenbauer.«

Hildegard wendet sich an Lotte und Rose. »Ich bin fertig, wir können gehen.«

Der Verkäufer beeilt sich, ihnen die Tür zu öffnen und wünscht den Damen noch einen schönen Tag.

Vor der Tür meint Lotte: »Dies war eine gelungene Einlage von diesem Papagei.«

»Ja«, sagt Rose, »er hat uns ganz schön an der Nase herumgeführt.«

»Ich habe noch einmal kurz reingespitzt«, sagt Lotte, »aber da tat er keinen Pieps mehr. Er war fleißig damit beschäftigt, Erdnüsse aufzumachen.«

Auf dem Weg fragt Hildegard »Rose, geht das so in Ordnung mit den Bildern? Dein Freund Gottlieb wird dich doch sicher hierher fahren?«

»Auf jeden Fall, der fährt gerne nach Miltenberg.«

Lotte spitzt die Ohren. »Was höre ich da? Freund Gottlieb?«

»Ja, liebe Lotte, es sollte eine Überraschung für dich werden. Nun weißt du es schon.«

»Jetzt bin ich aber auf deinen Freund gespannt wie ein Flitzbogen«, sagt Lotte.

»Es ist ein Lieber«, versichert Hildegard. »Heute Abend kannst du ihn schon kennenlernen, liebe Lotte.«

Rose sagt: »Ich hätte einen Vorschlag zu machen.«

»Und der wäre?«, fragt Hildegard.

»Wir sollten noch gemeinsam auf einen guten Kaffee gehen. Ich lade euch herzlich dazu ein.«

»Da sagen wir doch nicht Nein. Aber danach«, sagt Hildegard, »geht es sofort nach Hause. Ich muss noch ein paar Sachen packen.«

»Ja, wir wissen es. Du willst nach Erbach.«

»Ich freue mich auf meine Eltern.«

»So soll es auch sein, liebe Schwägerin«

»Nun, auf geht's, meine Küken, der Kaffee wartet.«

8

Auf dem Brunnenbauerhof ist Florian tief in seinem dicken Buch versunken. Er hält es fest in seiner Hand. Das Heidelberger Schloss! Da blickt er auf und schaut geradewegs auf die Zimmeruhr. ›Ui! So spät ist es schon? Die Zeit rast. Die Kühe müssen in den Stall zurück, und das sofort. Ich muss mich sputen, schnell in die Stiefel und die Kühe in den Stall bringen.‹ Florian eilt aus dem Haus. Er schaut zum Himmel auf. ›Oh, oh, das sieht nach Gewitter aus.‹ Er läuft schnell zur großen Wiese. Doch nach ein paar Schritten fällt ihm ein, dass er die Kuhglocke vergessen hat. ›Nun muss ich auch noch in den Stall, die Glocke holen.‹ Er läuft zurück. Wind kommt auf und die ersten Regentropfen fallen. Florian greift sich schnell die hinter der Stalltür hängende Kuhglocke und spurtet wieder der großen Wiese zu. Dabei schwingt er die Glocke mit einer kräftigen Armbewegung. Die Kühe kommen ihm sofort entgegen, folgen dem Geläute.

Zur rechten Zeit fährt Heidi in den Hof ein. Sie sieht, dass ihr Mann in Bedrängnis ist, und lässt alles stehen und liegen, um ihm entgegenzueilen. Doch ihr Mann hat keine so große Mühe. Die Kühe sind sehr folgsam und stehen bereits vor der Stalltür, als sie eintrifft.

»Da komme ich ja gerade zur rechten Zeit«, meint sie.

Florian strahlt. »Ja, mach mir bitte das große Tor für unsere Kühe auf.«

Heidi drückt den Schalter rechts oben am Tor und es öffnet sich.

Als die letzte Kuh ihren Stallplatz gerade erreicht hat, fängt es in Strömen an zu regnen.

Florian nimmt Heidi in den Arm. »Da hatten wir aber Glück. Mensch und Vieh sind trocken und wohlbehalten.«

»Das kann man wohl sagen, mein Liebster. Was jetzt?«

»Na, was wohl. Die Kühe melken, meine Liebe.«

»Ja, natürlich. Ich ziehe mir einfach deinen grauen Mantel

über. Damit wird es gehen. Florian, schau doch bitte mal rüber zum Haus von unserem Sohn, ob unsere Schwiegertochter schon zurück ist.«

»Bei diesem Wetter? Na ja, die Leiter steht noch hier, ich schaue einfach durchs Dachfenster.«

Florian steigt in fester Erwartung die Leiter nach oben. ›Hoffentlich sind sie da, sonst hat Heidi keine Ruhe beim Melken.‹ Am Dachfenster angelangt fällt sein Blick auf was Rotes. ›Na, Gott sei Dank, der NSU Prinz steht vor dem Haus.‹

»Was ist?«, fragt Heidi von unten her. »Siehst du das Auto?«

»Ich kann dich beruhigen, mein Liebes. Das Auto steht da.«

»Ach, da bin ich aber froh. Jetzt kann ich in Ruhe melken. Sonst hätte ich mir Sorgen gemacht.«

»Ich weiß, Heidi. Aber jetzt müssen wir loslegen. Das Milchauto kommt in einer Stunde.«

9

Bei Rüdiger im Haus geht es lustig zu. Stups rennt mit einem von Rüdigers Socken im Maul durch die gute Stube. Rüdiger rennt hinterher. »Bring sofort meinen Socken wieder zurück«, ruft er erbost.

Aber Stups findet es toll, den Socken zu haben, und verzieht sich mit ihm hinters Sofa. Im selben Moment klingelt es.

»Ach, jetzt klingelt es auch noch.« Mit wenig Begeisterung und nur einem Socken an den Füßen geht Rüdiger die Tür öffnen. Er öffnet. »Ah, ihr drei seid es. Meine liebe Frau und die beiden Küken. Aber fröhlich seht ihr nicht gerade aus«, bemerkt er.

»Ja, der Himmel öffnete sich gerade in dem Moment, als wir das Auto verließen.«

»Na, dann kommt sofort herein und trocknet euch.«

Hildegards Blick fällt auf Rüdigers Füße. »Sag mal, hast du nur einen Socken?«

Durch Hildegards Frage aufmerksam geworden, gucken die beiden Mädels nun auch auf Rüdigers Füße und stimmen ein großes Gelächter an.

»Ihr habt gut lachen, aber mir fehlt der zweite Socken.«

»Wo ist er denn?«, fragt Hildegard.

»Wo schon, irgendwo bei Stups hinterm Sofa.«

»Oh je, der macht ihn hin«, meint Lotte, muss aber immer noch lachen.

»Da wird es Löcher geben«, meint Rose.

»Eure Weisheiten könnt ihr für euch behalten. Helft mir lieber, den zweiten Socken so schnell wie möglich wiederzukriegen.«

»Oh, oh, sei doch bitte nicht gleich eingeschnappt. Ich helfe dir schon«, meint seine Frau. »Lotte und Rose sollen sich lieber mal abtrocknen.“

Rüdiger und Hildegard rücken das Sofa ein Stück nach vorne. Stups hatte sich die ganze Zeit schon friedlich verhalten. Kein Wunder. Da liegt er und schläft, beide Vorderpfoten auf dem Socken.

»Schau dir den an, er schläft auf meinem Socken.«

»Sei froh, so hast du einen ganzen Socken, und keinen durchlöcherten.«

Rüdiger macht sich vorsichtig am Socken zu schaffen. Stückchen für Stückchen zieht er ihn hervor. »Jetzt habe ich meinen zweiten Socken wieder. Schau, Stups ist nicht aufgewacht. Er schläft noch fest.«

»Dann schieben wir das Sofa wieder leise zurück und lassen ihn weiterschlafen«, schlägt Hildegard vor. Sie begutachtet den Socken. »Alles perfekt, kein einziges Loch.«

»Sehr lobenswert«, bemerkt Rüdiger.

Die beiden Mädels haben sich in der Zwischenzeit die Haare getrocknet. Nun sagt Rose: »Wir wollen gehen, das Abendessen lockt. Es hat auch aufgehört zu regnen.«

»Macht es gut.«

»Und nochmals danke, Hildegard, es war ein schöner Tag«

»Mir hat er auch Freude bereitet, Lotte", versichert Hildegard.

Die Mädels sagen »Tschüss« und machen sich gleich auf den Weg.

Nun ist Ruhe in der guten Stube. Hildegard und Rüdiger entspannen sich auf dem Sofa. Da hören sie ein »Tapp, tapp, tapp!«

»Na, wer kommt denn da?«

Stups muss niesen.

»Lag so viel Staub unterm Sofa?«, fragt Rüdiger seinen Hund.

Der muss schon wieder niesen.

»Ah«, sagt Hildegard, »ich glaube, das ist wegen deinem Socken.«

»Wieso? Er hat ihn doch nicht mehr.«

»Ja, aber das Waschpulver steckt ihm sehr wahrscheinlich in der Nase.«

»Meinst du?«

»Ja, das könnte doch sein.«

»Stups, komm zu Herrchen.«

Stups rührt sich nicht.

»Na, was ist? Willst du wohl folgen?«

Stups kommt langsam auf Rüdiger zu.

»Oh, hast du noch ein schlechtes Gewissen? Zeig dein Schnäuzchen her. Wie ich sehe, ist alles in bester Ordnung. Ja, lieber Stups, man sollte seine Nase nicht überall hineinstecken. So, und jetzt ab, und merk dir das!«

Stups holte sich sein kleines Puppenlieschen und ging sofort damit in seinen Korb. Er wollte nun seine Ruhe haben.

»Mein Liebes, komm in meine Arme. Wie geht es dir denn?«

»Gut, mein Liebster.«

»Und wie geht es deinem Bäuchlein?«

»Dem geht es auch gut.«

»Sehr schön. Ist dein Tag auch froh verlaufen?«

»Alles bestens.«

»Dann richte ich uns ein schmackhaftes, leckeres Abendbrot. Du kannst derweil schon mit dem Kofferpacken beginnen.«

»Damit fange ich sofort an, mein lieber Rüdiger. Die Details vom heutigen Tag erzähle ich dir beim gemeinsamen Abendbrot.« Ihre Hüften schwingend lief sie davon.

10

Bei Heidi und Florian war das Abendbrot gerichtet, die Kühe versorgt und der Stall verriegelt. Heidi gönnte sich eine kleine Ruhepause, sie lag mit geschlossenen Augen auf ihrem Lieblingsplatz und entspannte sich. Doch plötzlich war es mit der Ruhe vorbei. Ein Sturm schien durch die Stube zu toben. Rose und Lotte wirbelten herein. In Heidis Ohren klang es wie ein aufgescheuchter Gänsehaufen.

»Langsam, meine Mädels, ihr schnattert ja noch schlimmer als die Gänse vom Schnatterloch.«

»Es war so ein schöner Tag. Lass es dir doch erzählen, Mutter«

»Sehr gerne, aber bitte nicht so schnattern wie eben.«

»Wir sind so richtig aufgeregt. Es war richtig toll mit Hildegard«, erklärt Lotte ihre aufgekratzte Stimmung.

»Das freut mich doch auch«, sagt Heidi. »Aber bitte, erzählt mir davon mit etwas gediegenerer Stimme.«

Florian horcht auf. Er ist gerade dabei, das letzte Stück Geschirr einzuräumen. ›Na, da muss ich schnell in die Stube rüber. Da scheint was los zu sein. Die Mädels sind wieder da. Da gibt es bestimmt Neuigkeiten und eine fröhliche Stimmung. Mir gefällt es, wenn es so quirlig zugeht. Dann ist Leben im Haus, nicht alles so still.‹ Florian betritt die gute Stube. »Na, ihr beiden Mädels seht propper aus und seid in bester Stimmung. Prima! So ist es recht.«

»Ja, aber Mama hatte eben eine andere Ansicht. Es war für sie ein aufgeregtes Geschnatter wie von den Gänsen im Schnatterloch von Miltenberg.«

»Tut mir leid, aber es war mir zu laut. Ich war gerade dabei, ein wenig innere Ruhe zu finden. Aber jetzt bin ich mit beiden Ohren ganz auf euch eingestellt.«

»Legt mal los«, meint Florian. »Ich bin gespannt, was ihr uns so zu berichten habt, und Heidi ebenso.«

Und Rose und Lotte erzählen so anschaulich wie in herrlich

gemalten Bildern von ihren Erlebnissen an diesem schönen Ausflugstag mit Hildegard.

Ein wenig später klingelt es an der Haustür.

Heidi erhebt sich. »Ich schaue nach.«

»Nein, das mache ich«, ruft Rose fest entschlossen.

»Wieso das?«

»Es ist bestimmt Gottlieb.«

»Ja, dann verstehe ich das natürlich.«

Rose geht öffnen.

Heidi schaut zu Lotte. »Du machst einen gespannten Eindruck. Bist du sehr neugierig auf Gottlieb?«

»Ja, die Neugier hat mich gepackt, aber ich freue mich für Rose.«

Neckende Worte sind nun von draußen zu hören und feste Schritte nähern sich der Stube. Die Türklinke wird nach unten gedrückt. Rose betritt die Stube, Hand in Hand mit ihrem Gottlieb.

»Schau her, Lotte, hier ist er!«

Gottlieb löst seine Hand von Rose und streckt sie Lotte herzlich entgegen. »Ah, die flotte Lotte«, meint er.

»Ja, das bin ich wohl«, meint Lotte etwas schüchtern.

»Anscheinend hat es sich schon herumgesprochen, dass Lotte zu Besuch ist«, sagt Heidi. ›Nun, dann wäre die erste Hürde genommen‹, denkt sie. ›So kennt Lotte nun auch Roses Freund.‹ Sie wendet sich an ihre Tochter. »Rose, leg bitte noch einen Teller und Besteck für deinen Freund Gottlieb auf.«

Es wurde ein netter Abend und Gottlieb verabschiedete sich nach langen Gesprächen und dem Schmieden von Zukunftsplänen mit Rose. Aber Lotte sollte auch nicht zu kurz kommen. Der nächste Tag war vorbereitet. Es sollte im Dreierbund nach Heidelberg zum Schloss gehen.

11

Rüdiger, Hildegard und Stups sind auf dem Hof von Hildegards Eltern in Erbach angekommen. Rüdiger hatte den Weg mit seinem NSU Prinz in einer guten Zeit zurückgelegt. Nicht einmal zwei Stunden brauchte er. Knappe eineinhalb Stunden. Der Wagen lief wie geschmiert. Die Straßen waren auch relativ leer. Stups und Hildegard brauchten unterwegs mal eine Pause. Hildegard war es schlecht und Stups musste mal sein Bein heben. Danach ging es zügig weiter, ohne wesentliche Unterbrechungen. Und nun stehen sie gut angekommen in der Hofeinfahrt vor Hildegards Elternhaus.

›Na, keiner da?‹, fragt sich Rüdiger. ›Wo sind die nur?‹ Er drückt kräftig auf die Hupe.

»Oh, Rüdiger, die Nachbarn! Sie sind bestimmt schon am Schauen.«

»Mag ja sein, aber deine Eltern nicht.«

»Schau mal, an der Haustür hängt ein Zettel.«

Rüdiger steigt aus. Mit dem Zettel in der Hand setzt er sich wieder zu Hildegard ins Auto.

»Was steht drauf?«, fragt Hildegard neugierig.

Rüdiger liest vor: »Wir mussten beide schnell zu einem Patienten. Er hat einen eingeklemmten Nerv und große Schmerzen. Der Schlüssel liegt dort, wo er immer ist. Das Fremdenzimmer ist für euch schon gerichtet. Bis bald, meine Lieben.«

»Dass deine Mutter auch mitgegangen ist ...?«

»Ja, manchmal braucht Vater sie eben. Sie geht ihm zur Hand, das gefällt ihm sehr gut. Sie macht sich nützlich, zum Beispiel, indem sie das große Handtuch ausbreitet oder einem Patienten während der Behandlung etwas erzählt, das lenkt ihn von seinen Schmerzen ab, und so kann Papa in Ruhe arbeiten.«

»Du, Rüdiger, schau mal auf das Haus. Fällt dir nichts auf?«

»Doch, wenn du so fragst ..., irgendwas ist anders.«

»Lass uns schnell aussteigen, wir gehen spionieren. Stups ist auch unruhig, er will sowieso raus.«

»Ja, pass aber auf. Nimm ihn bitte an die Leine, Nachbars Katze sitzt auf der Treppenstufe von ihrem Haus. Vorsicht!«

Rüdiger steigt sportlich aus und wartet, bis Hildegard mit Stups soweit ist.

»Stups, komm! Erst an die Leine. So ist es recht«, lobt Hildegard. »Aussteigen, Stups!«

Stups springt aus dem Auto und saust los.

»Wupp, du bist aber schnell. Zieh nicht so, sonst bekommst du keine Luft. Ach ich weiß, die Katze. Die lässt du aber schön in Ruhe und machst dich nicht gleich am ersten Tag unbeliebt. Haben wir uns verstanden?«

Stups jault irgendetwas zurück.

»Ja, Stups, es geht nicht immer so, wie du es willst. Komm, wir gehen zum Garten. Schau doch, Rüdiger, die vielen Rosen, die Papa gepflanzt hat. Es blüht um das ganze Haus. Und dieser Duft!«

»Ja, Liebes, es ist hier wunderschön. Wie auf einer duftenden Oase.«

»Auch die Fensterläden passen gut dazu. Die Eltern haben sie streichen lassen. Ein tiefes Blau und ein tiefes Grün. Sieht schön aus, was meinst du dazu?«

»Ja, super, das ist die Veränderung, die dir aufgefallen ist. Passt hervorragend zum Hausanstrich. Komm, mein Liebes, setzten wir uns hier auf die Bank deiner Eltern, um die Sonne zu genießen.«

Sie setzen sich auf die Bank und lassen sich von der warmen Sonne verwöhnen.

»Hm, riechst du es auch, Rüdiger? Das ist die hellgelb leuchtende Lucia Rose mit ihrem wohlriechenden Duft, der die Sinne beflügelt.«

»Nun kommst du aber ins Schwärmen, mein Liebes. Doch bevor es mir hier zu heiß wird, hole ich schon mal den Schlüssel vom Haus.«

»Du Spielverderber«, ruft Hildegard ihm heftig nach. Sie ist gekränkt. Schmollend wendet sie sich Stups zu. »Da haben wir ein Herrchen, was meinst du dazu?«

Doch Stups wedelt mit dem Schwanz. Er möchte zu seinem Herrchen.

»Na ja, du Flocki, dann laufen wir ihm eben hinterher.«

Rüdiger kommt seiner Frau mit dem Schlüssel in der Hand entgegen, ein verschmitztes Lächeln im Gesicht. »Na, du Süße, einen netten Gesichtsausdruck zeigst du mir da. Der verrät mir deine Stimmung und was du mir an den Kopf werfen willst. Ich lese Bände.«

»Du bist ein Ekel.«

»Na, na! Diese Äußerung würde ich mir gut überlegen. Komm, mein Liebes, ich habe den Hausschlüssel. Lass uns zum Auto gehen und unsere Koffer holen. Sei ein liebes Frauchen.«

»Bilde dir bloß nichts darauf ein, wenn ich jetzt mit dir gehe. Einer muss ja nachgeben, leider bin ich es.«

»Mir kommen die Tränen, Liebes. Es tut mir herzlich leid, dass ich dich so gekränkt habe. Bitte verzeih deinem edlen Ritter.«

»Aha, jetzt kommt die andere Tour wieder.«

»Dir mache ich heute aber gar nichts recht.«

»Doch, wie wäre es mit Küsschen geben und mal fest drücken?«

»Das lasse ich mir nicht zweimal sagen.«

Sofort umarmt Rüdiger seine Frau fest und will sie nicht mehr loslassen. Aber der Hund, der war schon losgelassen. Das Bellen und Fauchen war nicht zu überhören.

»Du liebe Zeit, Stups ist mir entwischt. Die Leine ist mir runtergerutscht.«

Rüdiger lässt seine Frau sofort los und eilt zum Nachbarhaus. Gott sei Dank war das Türchen nicht abgeschlossen. Außer den beiden Streithähnen war niemand da. Fauchen, Zischen und Bellen war vernehmbar, und Schläge wurden ausgeteilt. Stups fängt zu jaulen an. Seine Nase blutet. Sein Herrchen Rüdiger hastet schnell zu ihm. Er muss aber auch auf die Katze achten.

Die teilt fleißig weiter aus. Mit einem beherzten Griff nimmt Rüdiger Stups hoch. Der sieht ganz schön ramponiert aus und jault jämmerlich. Schnellen Schrittes verlässt Rüdiger mit Stups das Nachbargrundstück.

Voller Aufregung rennt Frauchen ihnen entgegen. »Was ist mit Stups?«, fragt sie ihren Mann.

»Er musste etliche Schläge einstecken. Schau her, seine Nase.«

»Das tut mir so leid. Hätte ich doch die Leine festgehalten. Hund und Katze passen eben nicht zusammen.«

»Ich denke darüber anders, mein Liebes. Sie kennen sich nicht, deshalb ist es so.«

»Meinst du?«

»Ja, das muss langsam geübt werden. Warte ab, in ein paar Tagen vertragen sie sich gut.«

»Wenn wir wieder nach Hause fahren?«

»Meistens ist es dann so.«

Tut, tut! Das leise Anstupsen einer Autohupe war zu hören.

»Schau, deine Eltern kommen. Wie gut, dass dein Vater Masseur ist. Das passt! So kann er gleich unseren Stups verarzten.«

Inge hat es sehr eilig, zu ihrer Tochter zu kommen. Mit einem kräftigen Schwung lässt sie die Autotür zufallen, sodass es ihrem Mann Rudi in den Ohren pfeift.

›Diese Frau nervt, muss das sein? Aber ja, ihre Tochter ist da, deshalb geht es nicht schnell genug. Ich verstehe es ja, sie sehen sich so wenig.‹

Mutter Inge läuft mit ausgebreiteten Armen auf ihre Tochter zu. Freudige Worte sprudeln aus ihrem Mund. »Es ist so schön, dass ihr uns besucht.«

»Ja, da muss ich dir zustimmen. Und dieses Mal bleiben wir länger als sonst, machen mal richtig Urlaub.«

»Ich freu mich darauf. Wie geht es dir so, erzähle.«

»Leider hatten wir eben mit der Nachbarkatze Zoff.«

»Wie das?«

»Eigentlich unser Stups. Einmal hatte ich ihn aus den Augen

gelassen und schon war es passiert. Bellen, Jaulen, Fauchen. Es ging heftig zu. Rüdiger befreite ihn aus den Fängen der Katze, doch die scharfen Krallen hatten schon Spuren hinterlassen.«

Rudi schloss noch seinen Opel Kadett ab. Als er sich umdrehte, blickte er direkt in Rüdigers Augen. »Hallo, Junge! Lass dich anschauen. Gut siehst du aus.«

»Ich schon, aber nicht Stups. Schau, das war Nachbars Katze.«

»Wie gibt es so was, sonst ist die doch nett. Vielleicht war Stups heute nicht der Richtige. Komm, Schwiegersohn, gehen wir zu den Frauen. Ich möchte noch meine Tochter begrüßen. Dann gehen wir mit Flocki in mein Arbeitszimmer.«

Die Begrüßung der Tochter zieht sich nicht lange hin, denn Stups jault immer noch heftig. Der unverdaute Schrecken sitzt ihm noch fest im Nacken.

Rudi sieht den Kleinen mit großem Mitleid an. »Rüdiger komm, wir gehen rauf in mein Arbeitszimmer. Die Frauen können sich noch im Garten erfreuen und ihre Geheimnisse austauschen. Du weißt, so manches ist für Männerohren nicht bestimmt.«

»Sag, Rudi, wenn ihr jetzt da seid, brauchen wir euren Schlüssel nicht. Soll ich ihn gleich wieder zurücklegen?«

»Nein, behalte ihn, solange ihr hier bei uns verweilt. Erst dann legst du ihn bitte wieder zurück.«

Mit großen Schritten geht Rudi voran. In seinem Arbeitszimmer holt er eine gestrickte Decke aus seinem Schrank. »Flocki, schau, jetzt bekommst du eine feine warme Decke.« Rudi verpackt ihn fachgerecht in der Decke. Flocki wird zusehends ruhiger. Das fertig gewickelte Flocki-Paket übergibt Rudi an seinen Schwiegersohn. »Nimm du ihn. Er fühlt sich bei dir wohl. Ich hole ein kühlendes Mittel aus meiner Hausapotheke, um Flockis Nase zu behandeln.«

»Na, Stups, das war heute kein guter Anfang im Odenwald. Aber es geht dir gleich besser«, tröstet Rüdiger seinen Hund.

Rudi kommt mit einer Eisflasche zurück. »So mein kleiner

Flocki, das wird dir jetzt guttun.« Vorsichtig macht sich Rudi an Flockis Nase zu schaffen. »Oh, hier hast du dir einen schlimmen Riss eingehandelt. Kein Wunder, dass du jaulst. So was tut sehr weh. Dick angeschwollen ist deine Nase auch.« Rudi streicht gefühlvoll mit einem kleinen Pinselchen über Flockis Nase. »Man merkt, dass es Flocki guttut, keinen Mucks macht er mehr.

Mit seinen tiefschwarzen Augen sieht Flocki vertrauensvoll zu Rudi hoch. Er weiß sich in gute Hände gebettet.

»So, hier noch ein kleiner Pinselstrich, dann bist du entlassen vom großen Onkel Doktor. Aber in Zukunft, mein kleiner Flocki, vermeide die scharfen Krallen der Nachbarkatze.«

Flocki jault etwas Kurzes, Unverständliches.

»Mein lieber Junge, ich glaube, er hat es verstanden.«

Beide Männer freuen sich, dass es so gut verlaufen ist und die Verletzung nicht schlimmer war.

»Nun wird er bald wieder springen und alles ist vergessen. Rüdiger, ich hoffe, dass es jetzt schöne Tage für euch werden.«

»Aber klar, das glaube ich schon. Nun lass uns zusammen in den Garten gehen und nach den Frauen schauen. Die wollen doch wissen, was mit Flocki ist.«

»Natürlich, das tun wir sofort.«

Beide Frauen beugen sich gerade über eine duftende, edle Rose.

»Wohlriechend dieser Duft von der Rose hier. Meinst du nicht auch, Inge?«

»Ja, sehr angenehm im Duft.«

»Wie heißt diese Rose?«

»Oh, da muss ich einen Moment nachdenken. Es ist eine Englische, das weiß ich genau. Ach, Moment, Moment, ich habe es. Das ist die Just Joey. Schau her, wie anmutig die Form der Blütenblätter ist, dazu der aparte Pfirsichton. Und erst der Duft! Wie du schon sagtest.«

»Das hast du mir aber schön erklärt.«

»Ja, sie ist bezaubernd, diese Rose. Rudi liebt sie über alles. Um das fachgerechte Schneiden der Rose kümmert er sich selbst.

Das überlasse ich ihm auch gerne. Weißt du, wir haben sie uns aus England schicken lassen. Deshalb habe ich ihren Namen noch gut in Erinnerung«

»Ach ja, sie ist schön«, sagt Hildegard und stimmt ein Liedchen an.

Sah ein Knab ein Röslein stehn,
Röslein auf der Heiden,
War so jung und morgenschön,
lief er schnell, es nah zu sehn,
sah's mit vielen Freuden.
Röslein, Röslein, Röslein rot,
Röslein auf der Heiden.

»Oha! Danke, mein Mädchen, für die gelungene Gesangseinlage.« Inge klatscht Applaus. »Von Goethe, habe ich recht?«

»Ja, du hast recht.«

Bellen dringt an die Ohren der Frauen.

»Da kommt er ja, unser Kleiner. Wo sind die Aufpasser?«

»Wir sind schon unterwegs. Noch ein paar Treppenstufen,

dann sind wir da. Hallo, hier sind wir. Habt ihr uns sehr vermisst?«

»Ach, lieber Rudi«, antwortet Inge, wir haben die Zeit ohne euch gut ausgefüllt mit diesen schönen Rosen und dem Gesang deiner Tochter.«

»Da haben wir ja was verpasst, Rüdiger.«

»Das kann man so sagen«, stimmen die beiden Frauen zu. »Aber wie geht es Flocki?«, fragt Inge weiter.

»Du siehst es doch. Schau hin. Es geht ihm prächtig.«

»Mein lieber Mann, dann hast du deine Arbeit an ihm gut verrichtet.«

»Nun, bis auf eine tiefere Schramme. Die bekommen wir aber auch noch weg.«

»Bist du da zuversichtlich?«

»Ja, ganz gewiss.«

Rüdigers Schreien unterbricht das Gespräch. »Stups, lass das, sofort! Aus!«

»Was hat er denn da? Was macht er?«, fragen beide Frauen gleichzeitig.

Rudi entdeckt Flocki zwischen seinen Rosen. »Lauf hin, Rüdiger und schau nach«, spricht Rudi etwas verärgert. ›Meine edle Rose‹, denkt er. ›Die soll er gefälligst stehen lassen.‹

Rüdiger spurtet zu Stups hin. »Was machst du hier, du Lümmel? Es gibt Ärger wegen dir. Ach, ich sehe, an der Rose hast du gar nichts gemacht. Eine tote Amsel liegt da. Lass sie liegen! Weg mit deiner Nase! Wir müssen erst Handschuhe holen. Komm, wir gehen zu Rudi«

Widerstrebend folgt Stups seinem Herrchen. Rudi schaut ihnen gespannt entgegen.

»Rudi, Stups hat deiner Rose nichts getan. Er hat eine tote Amsel aufgespürt.«

»Ach, du Schreck!«

»Ja, das ist deine Arbeit, die musst du entsorgen.«

»Du liebe Zeit, was tu ich jetzt?«

»Hast du einen alten Eimer, Rudi?«

»Hab ich.«

»Den kannst du holen. Und deine Handschuhe nicht vergessen.«

»Gut, ich gehe zum Gartenhaus und hole die Sachen. Bin gleich wieder da.« ›Meinen kleinen Rechen brauch ich auch noch‹, denkt er.

Stups zieht es immer wieder zur toten Amsel. Rüdiger hat seine Plage, ihn festzuhalten. Das Bellen hört nicht auf, es wird immer heftiger.

Nach kurzer Zeit kommt Rudi mit seinen Arbeitsgeräten zurück. »So, Rüdiger, jetzt muss ich das Corpus Delicti entfernen, damit endlich wieder Ruhe einkehrt.«

»Wo bringst du die Amsel hin?«

»Hier, über die Straße in den kleinen Waldstreifen. Da findet sie ihre letzte würdige Ruhe.«

Stups ist voll dabei. Er darf nichts verpassen, lässt Rudi nicht aus den Augen. Auf Schritt und Tritt ist er dabei.

Nach dieser unschönen Arbeit kehrt die himmlische Ruhe wieder zurück.

12

Hildegard packt in der Zwischenzeit die Koffer aus und richtet sich häuslich in ihrem alten Zimmer ein. Sie denkt: ›Wie schön mein Zimmer noch ist. Mutter hat nichts verändert. Mutter weiß, ihr Mädchen kommt des Öfteren mit ihrem lieben Ehemann auf Besuch.‹

Inge eilt die Treppe nach oben zu ihrer Tochter. Sie klopft leise an die Zimmertür und sagt: »Hallo, mein Mädchen, darf ich hereinkommen?«

»Ja, komm, die Tür ist doch offen.«

»Papa schickt mich, um zu fragen, ob du Lust hast, beim Italiener um die Ecke zu essen. Man sitzt gemütlich und das Essen ist sehr gut.

»Doch, ja, ich bin dabei.«

»Dazu muss ich dir vorher noch schnell was erzählen. Von Alfredo, der ist der Chef in der Küche. Er macht so seine Späße, was ich sehr an ihm liebe. Zum Beispiel: Eine Katze. Kopf und Schwanz weg – fertig: Hase!«

»O, là, là! Na, dann lass ich mich überraschen."

»Er kommt aus Riccione in Italien. Ein sehr lieber Mensch. Er würde nie einer Katze was zuleide tun. Das sind nur seine Späßchen. Die Gestik, die er dazu vollbringt, begeistert seine Gäste immer wieder aufs Neue. Alle lieben ihn. So, nun mach dich hübsch. In einer Stunde gehen wir.«

»Mutter, was ist mit Stups?«

»Der darf mit, aber brav muss er sein.«

»Ja, das ist so eine Sache, die ich dir nicht versprechen kann.«

»Nun, in einem Hundekopf geht es anders zu, als es von uns Menschen gewünscht wird.«

»Da hast du recht, Mutter. Aber ich freue mich auf einen netten Abend mit euch im italienischen Restaurant. Stups wird schon parieren, wir passen alle auf ihn auf.«

»Gut, dann spute ich mich, um unseren Herren der Schöpfung Bescheid zu sagen. Es wird ein schöner Abend werden, mein Mädchen.«

»Das denke ich auch, Mutter.«

Die schönen Tage vergingen wie im Sauseschritt. Man fuhr des Öfteren an den Neckar, um spazieren zu gehen, Kaffee zu genießen und zu schauen. Oder man saß im Garten der Eltern in einem stillen Eckchen, um etwas zu lesen oder den Gedanken freien Lauf zu lassen. Nun, es waren erholsame und freudvolle Tage. Drei volle Wochen.

Hildegards Geheimnis wird am Tag vor der Abreise beim Frühstück im Garten gelüftet. In einer kleinen Vorführung zaubern die zukünftigen Eltern das Geheimnis hervor. Hildegard macht um ihren Bauch herum große runde Armbewegungen und Rüdiger wedelt mit der Serviette dazwischen herum. »Hokuspokus, eins, zwei drei! Schaut her, was wir hier haben!« Rüdiger zieht die Serviette weg. Ein kleines weißes Strampelhöschen kommt zum Vorschein. »Na, was ist das?«

»Sagt bloß, wir werden Großeltern«, sprudelt es aus Inges Mund.

»Ja«, ruft Hildegard fröhlich aus.

Da streckt Hildegards Papa seine Hand der Tochter zu und sagt: »Gib mir bitte dieses kleine süße Teil. Dass ist das wahre Glück! «

»Wie schön, mein Mädchen. »Wisst ihr schon, was es wird?«, fragt er weiter.

»Ja, aber das verraten wir noch nicht. Ihr müsst euch noch in Geduld üben und abwarten.«

»Das ist aber gemein«, sagt Mutter Inge.

Nun antwortet die Tochter: »Wir wollen es noch ein bisschen für uns behalten.«

Herzliches Drücken und gute Worte beendeten die schönen Tage. Es ging wieder zurück in ihr eigenes Haus.

13

Heranbrausende Autogeräusche lassen Heidi aus ihrem Schaukelstuhl hochschrecken, auf dem sie gerade ein Nickerchen macht. »Na, wer braust da so in unseren Hof?« Die Neugierde treibt sie sofort aus ihrem Schaukelstuhl. Eilig läuft sie die paar Schritte zum Küchenfenster und streckt ihre Nase heraus. ›Na, na, unser Gottlieb ist das. Sieht so aus, als wäre er unter die Rennfahrer gegangen. Meine Tochter ist bestimmt beeindruckt von diesem Fahrstil. Über Lotte brauch ich erst gar nicht nachdenken. Die liebt den schnittigen Fahrstil erst recht. Da hat Gottlieb ein hohes Ansehen bei den Mädels. Sein Renault 17 sieht von außen schon wie ein echtes Rennauto aus. Die Farbe gelb und dann die schwarzen Streifen drauf. Sehr schnittig, dieses Auto. Könnte mir auch gefallen, muss ich insgeheim zugeben. Aber das erzähle ich nicht, sonst könnte es womöglich noch ein Ansporn werden. Das möchte ich vermeiden. Richtig flott, dieses Auto. Und der Fahrer ..., hm, wenn ich es mir überlege ..., der Fahrer auch. Kein Wunder, dass meine Tochter in ihn so verknallt ist. Ja, ja, die Liebe.‹

Die Küchentür wird aufgerissen. Zwei fröhlich ausgelassene Küken kommen herein.

»Hallo, liebe Heidi, wir sind wieder da«, ruft Lotte entzückt.

»Das Einfahren in unseren Hof war ja nicht zu überhören. Es trieb mich aus meinem Schaukelstuhl.«

»Deshalb stehst du am Fenster, Mama?«

»Ja, ich dachte, es kommt ein Vulkan herangebraust.«

»Oh, da ist Gottlieb etwas sehr scharf und mit überhöhter Geschwindigkeit in den Hof gefahren. Na ja, die Schottersteine tragen auch noch was dazu bei.«

»Nimmst du ihn wieder in Schutz?«

»Nein, Mama, was gerecht ist, muss man sagen. Es ist nicht so, wie du denkst.«

»Wie denn?«

»Er fährt wirklich ordentlich.«

»Ja«, mischt sich Lotte ein, »das kann ich bestätigen.«

»Brauch ich mir keine Sorgen um den Fahrstil meines zukünftigen Schwiegersohns zu machen?«

»Nein, liebe Mama, auf keinen Fall«, behauptet Rose fest.

»Nun gut, dann gebe ich mich zufrieden. Wo ist eigentlich dein Gottlieb, Rose?«

»Er kommt nicht mehr herein, er musste dringend nach Hause. Seine Eltern sind beim Gartenhaus aufstellen. Da wird er gebraucht. In drei Stunden ist er wieder da, um uns abzuholen. Am späteren Abend fahren wir nach Miltenberg ins Kino.«

»Dann geht es euch ja gut. Prima! Jetzt erzählt mir doch endlich, wie ihr den Tag verbracht habt. Wie war es in Heidelberg?«

»Sehr schön«, fängt Lotte an. »Das Heidelberger Schloss hat uns sehr beeindruckt. Ein riesengroßes Schloss mit einer großflächigen Anlage. Und erst das große Weinfass. Allerdings, das Fass, das heute noch existiert, ist schon das Dritte. Karl-Theodor hat es im Jahre 1750 mit einem Inhalt von ca. 220000 Litern bauen lassen. Schloss und Fass werden jährlich von vielen Menschen bestaunt. Ja, da hat die Pfalz was Großartiges zu bieten.«

»Leider ist das Heidelberger Schloss heute nur noch eine Heidelberger Schlossruine, nicht mehr so prächtig wie in vergangener Zeit. Aber, so wie es heute noch da steht, kann man sich doch in die alten Zeiten verlieben und hineinträumen«, sagt Rose mit verträumtem Gesichtsausdruck. »Stellt euch vor, wie es ist, in den schönen langen Kleidern in der großen Schlossanlage spazieren zu gehen, von oben auf den Neckar zu blicken und zu euren Füßen liegt das schöne Heidelberg. Ihr schaut hinunter und könnt die alte Brücke aus dem 18. Jahrhundert betrachten, die den Neckar überspannt.«

»Ach, hör auf, Rose. Das wäre nichts für mich«, meint Lotte.

»Erst rechts nichts für mich«, sagt Heidi. »Diese langen Kleider, damit konnte man nur stolzieren gehen. Da lob ich mir die Zeit von heute. Bewegungsfreiheit, Selbstentscheidung und nicht mit aufgesetzten Scheuklappen dreinblicken. Ja, ja, jung und dynamisch soll es sein«, sagt Heidi weiter. »Was meinst du, Lotte?«

»Der goldene Mittelweg wäre das Beste. Weder wie in vergangenen Zeiten noch wie in heutigen Zeiten. Wir Menschen könnten es erreichen.«

»Ach, Lottchen, diese Art von Zeit musst du dir erst backen lassen.«

»Hm, man kann nichts ändern, wenn man nicht daran glaubt.«

Nach diesem Satz artet das bisher ernsthafte Gespräch in Gelächter aus, wobei sich Lotte nochmals mit kräftiger Stimme durchsetzt. »Ihr lacht jetzt und versteht doch nichts, leider.« Lotte hat keine Lust mehr, darüber zu lachen. Sie verstand es ja. Sie denkt: ›Es gibt viele Menschen, die sehr klug sind, aber nicht alle haben das Herz auf dem richtigen Fleck.‹

Im Stall streichelt Florian seiner besten Milchkuh über den Rücken. Sie ist schon etwas älter. »Na, meine liebe Gretel, nun bekommst du dein Kälbchen. Mach dir keine Sorgen, es wird alles gut gehen. Ich schüttele schon mal kräftig deine große Kuhglocke, damit es Heidi im Haus hört und gleich zu uns in den Stall kommt.« Florian rüttelt die Glocke mit voller Kraft.

Heidi horcht auf. Die Kuhglocke! Oh, da scheint irgendetwas los zu sein. Schnell verlässt sie die Küche und sputet zu ihrem Mann. Die kleine Tür im großen Stalltor steht offen. Sie schlüpft hindurch. Noch im Gehen ruft sie: »Florian, wo brennt es?«

»Hier, bei unserer Gretel.«

»Ist es schon soweit?«, fragt Heidi verdutzt.

»Aber ja, sonst hätte ich nicht geläutet.«

»Ja, klar.«

»Du weißt Bescheid, was jetzt zu tun ist?«

»Natürlich! Max Ott, unseren Tierarzt, muss ich benachrichtigen. Heißes Wasser haben wir, Gott sei Dank, seit ein paar Wochen im Stall.«

»Vielleicht kannst du noch einen zusätzlichen Eimer besorgen. Die anderen Sachen bringt unser Tierarzt mit.«

»Florian, ich gehe sofort ins Haus zurück, um zu telefonieren.«

»Sag ihm, es ist eilig.«
»Geht in Ordnung, mein lieber Mann.«

Im Haus laufen die beiden Mädels neugierig auf Heidi zu. »Was ist los, Mama?«

»Nichts, nur, dass unsere Gretel ein Kälbchen bekommt.«

»Das ist eine freudige Nachricht«, spricht Lotte.

»Wunderbar«, ergänzt Rose, »dann ist das andere Kälbchen nicht mehr so alleine.«

»Damit habt ihr beide recht. Aber ihr müsst mich jetzt entschuldigen, es eilt. Ich muss unseren Tierarzt anrufen und sofort wieder in den Stall zurück. Florian wartet doch auf eine Antwort.«

»Wir verstehen. Gottlieb holt uns sowieso gleich fürs Kino ab.«

»Na, dann wünsche ich euch einen schönen Abend.«

»Danke, Mama.«

»Danke, Heidi.«

»Und, dass Gottlieb nicht so schnell fährt«, ermahnt Heidi eindringlich und verschwindet Richtung Telefon.

»Ich richte es aus, Mama«, ruft Rose ihr hinterher. »Diese Mutter, immer hat sie Angst.«

»Ja, so sind halt die Mütter, machen sich Gedanken über ihre Kinder.«

Es klingelt. Heidi sputet zur Haustür und öffnet. Erstaunt blickt sie auf Gottlieb. »Hallo, ich habe dich gar nicht kommen hören mit deinem flotten Auto.«

»Nun ja, es geht auch etwas leiser, liebe Heidi.«

»So kann ich getrost meine zwei Mädels in deine Hände geben.« Heidi wünscht noch einen netten Abend und geht schnell an ihm vorbei in den Hof.

»Vielen Dank«, erwidert Gottlieb höflich.

Doch Heidi hört Gottliebs Worte nicht mehr. Sie biegt schon um die Ecke in Richtung Stall. Nun kann sie ihrem Mann berichten, dass der Tierarzt gleich kommt. Gretel, die Kuh, war zusehends unruhiger geworden. Ihre schmerzerfüllten Muh-Laute ließen Heidi erschauern. Sie fragt: »Wird das nicht so eine gute Geburt wie das letzte Mal, Florian?«

»Darüber mache ich mir schon die ganze Zeit große Sorgen.«

Der Tierarzt steht auf einmal zwischen ihnen.

»Wo kommen Sie jetzt so plötzlich her?«, fragt Heidi erschrocken.

»Durch die kleine Tür hier.«

»Nun, wir bemerkten es nicht.«

»Kein Wunder, der Kuh geht es nicht besonders gut. Sie schreit zu viel. Ich sehe sofort nach.« Max Ott zieht sich die Gummihandschuhe bis über die Ellbogen hinauf an. »So, nun werde ich nachsehen, damit dem armen Tier geholfen wird.«

Gretel hat sich etwas beruhigt und hält still.

»Oha, das habe ich befürchtet. Nun muss ich ihr eine Spritze geben und versuchen, das Kälbchen zu drehen.«

»Ach du liebe Zeit«, entfährt es Heidi. »So ein Schreck. Ach, unsere liebe Gretel.«

»Machen Sie sich keine Sorgen, Frau Brunnenbauer. Die Gretel steht das durch.«

Der Doktor bemerkt, dass die Spritze wirkt. Sofort versucht er, seine geschickten Hände einzusetzen, um das Kalb zu drehen. Die Arbeit ist sehr anstrengend und aufregend. Es wird ihm dabei so heiß, dass ihm der Schweiß über die Wangen läuft. Heidi hält ein Handtuch parat und tupft ihn ab, denn der Schweiß macht auch vor seiner nagelneuen randlosen Brille nicht halt.

»Die Gretel ist sehr tapfer«, lobt der Tierarzt.

Heidi schaut zu Florian. »Hoffentlich geht alles gut.«

Vorsichtig arbeitet Max Ott weiter. Er hat das Kälbchen im Mutterleib gedreht und zieht es nun behutsam Stück für Stück heraus.

»Nun, liebe Leute, es ist geschafft! Seht, welch ein Prachtstück.«

»Ja, wirklich.«

»Und Gretel geht es auch gut. Sehen Sie, sie schleckt bereits das neugeborene Kälbchen ab.«

Heidi und Florian fällt ein Stein vom Herzen. Beide greifen zum Stroh und helfen Gretel dabei, das Kälbchen zu säubern.

»Diese Geburt ist uns gut geglückt«, ruft der Tierarzt voller Freude.

»Ja, Herr Doktor, da haben wir uns alle einen kräftigen Schluck verdient.«

Florian hat an alles gedacht, sogar den Schnaps hat er schon bereitgestellt. Heidi füllt die Gläser und reicht sie den Männern.

Florian erhebt sein Glas. »Lieber Herr Doktor Max, auf unsere Kuh Gretel und auf das neugeborene Kälbchen. Nun soll es bei der Mutter trinken, damit es zu Kräften kommt. Wir haben uns jetzt eine echte gute Brotzeit verdient, die uns meine Frau richten wird.«

Heidi widerspricht nicht und macht sich sofort bereit.

»Wir beide haben hier noch zu tun«, äußert sich Florian. »Mein liebes Frauchen, bimmle einfach mit der Kuhglocke, wenn alles fertig angerichtet ist.«

»Das werde ich tun.« Leichtfüßig entschwindet sie.

Nun, die Brotzeit war schnell gerichtet und man sitzt zu dritt vergnügt am runden Tisch im Erker. Sie lassen es sich gut schmecken und die Fröhlichkeit ist nicht zu überhören. Sie haben ja auch allen Grund, sich zu freuen.

Lautstarkes Gebell mischt sich in das lebhafte Gespräch.

»Ei, das ist unser Flocki!« Schnell wirbelt Heidi hoch, verlässt die frohe Runde und ruft im Hinausgehen: »Die Odenwälder sind zurück!« Sie eilt zur Haustür, drückt den Griff herunter und gibt ihr mit dem Knie Schwung, sodass sie sich weit öffnet. Und wer steht da?

Flocki! Er gibt Freudentöne von sich und sein Schwänzchen dreht sich wie ein Propeller. Überglücklich wälzt er sich auf Heidis Fußabstreifer hin und her. Heidi kommt aus dem Staunen über das, was Flocki ihr da so Überschwängliches zu bieten hat, gar nicht mehr hinaus. Kurz entschlossen nimmt sie ihn hoch und drückt ihn herzlich an ihre Brust. Flocki versucht, ihr ein Küsschen zu geben. Das möchte Heidi aber nun doch nicht. Sie wehrt ihn ab, aber Flocki schafft es doch, ihr einen kühlen Kuss auf die Nase zu drücken.

»Du bist mir doch ein lieber Flocki«, spricht Heidi. »Sag, wo bleiben dein Frauchen und dein Herrchen?«

»Hier sind wir«, spricht ihr Sohn. »Schon eine ganze Weile stehen wir hier, du hast es nur nicht gemerkt.«

»Ach, ich war sehr mit Flocki beschäftigt.«

»Ja, wir haben es mit Freude beobachtet.«

»Kommt doch bitte zu uns herein. Der Tierarzt ist noch da. Wir haben ein gesundes Kälbchen.«

»Oh, das erfreut unser Herz. Da möchten wir uns doch lieber das neugeborene Kälbchen anschauen gehen. Was meinst du, Hildegard?«

»Aber ja, sehr gerne.«

»Morgen Abend kommen wir dann zu euch herein. Ich habe meiner lieben Frau versprochen, heute einen ruhigen Abend mit ihr zu verbringen.«

»Dann kann Flocki hierbleiben?«

»Wenn er möchte, ja.«

»Hildegard, hast du auch nichts dagegen?«

»Nein, er darf.«

»Wie lieb von euch, ich freue mich, ihn hier zu haben.«

Die beiden jungen Eheleute verabschieden sich. »Bis morgen!«

Heidi sagt kurz entschlossen: »Natürlich zum Abendessen.«

»Danke für die Einladung, das ist Klasse von dir, Mama«, Rüdiger greift nach der Hand seiner Frau. Die beiden schauen sich schmunzelnd an. Morgen wollen sie den Eltern ihr Geheimnis verraten.

Heidi geht mit Flocki zurück ins Haus.

Der Doktor will gerade aufbrechen. Er reicht Florian zum Abschied die Hand. »Ich komme morgen früh nochmals vorbei.«

»Das ist mir sehr recht«, antwortet Florian.

Der Tierarzt wendet sich an Heidi. »Bis morgen, Frau Brunnenbauer, und lassen Sie sich einen schönen Namen für das Kälbchen einfallen.«

»Da schwebt mir schon was im Kopf herum«, gesteht sie.

Florian begleitet den Gast noch zur Haustür. Als er zurückkommt, bemerkt er das Hündchen auf Heidis Armen. »Na, Stups, es ist ja gar nichts zu hören von dir!? Dabei warst du doch so lange weg.«

»Mich hat er ganz fest begrüßt«, sagt Heidi. »Anscheinend ist er nun müde von der Fahrt im Auto. Schau, er schläft bereits in meinen Armen ein. Stell dir vor, er darf heute bei uns bleiben.«

»Da bist du aber hoch angesehen bei deiner Schwiegertochter.«

»Ich glaube, ja. Sonst würde sie ihn nicht hier lassen.«

Es klingelt dreimal kurz hintereinander an der Haustür.

»Florian, schau bitte nach, wer da ist, ich bringe Flocki in sein Körbchen.«

»Bin schon unterwegs.« Florian öffnet die Tür. »Ah, ich dachte es mir, ihr seid es. Kommt in die Stube. Wo ist Gottlieb?«

»Nach Hause gefahren. Es ist schon spät und morgen muss er arbeiten.«

»Ja, das ist recht so, Rose.«

»Lotte möchte morgen in aller Frühe nach Goldbach aufbrechen. Sie will zu ihren Eltern zurück.«

»Ach, schade. Wir haben uns so an dich gewöhnt, Lotte.«

»Ja, aber es geht doch nicht anders. Die Pflicht ruft.«

»Was höre ich? Wer ruft?«, fragt Heidi beim Eintreten in die Stube.

»Stell dir vor«, spricht ihr Mann, »unsere liebe Lotte möchte morgen abreisen.«

»Nun, das finde ich sehr schade.«

»Leider muss ich weg. Die Zeit ist so schnell vergangen bei euch, aber ich muss mich um meine Lehrstelle kümmern.«

»Rose ergeht es ebenso. In zehn Tagen fängt bei ihr der Ernst des Lebens an.«

»Mama, übertreib es bitte nicht. Ich freue mich darauf, mit Kindern zu arbeiten und dabei ein häusliches Umfeld zu haben.«

»Es ist mir ja recht, Rose, aber du wirst mir fehlen, und Lotte auch.«

»Der frische Wirbelwind im Haus«, ergänzt Florian. »Kommt, setzt euch doch mit uns rüber ins Erker-Eckchen. Vielleicht ein Stündchen noch?

»Aber bitte nicht länger«, meint Rose, »wir sind schon sehr müde«

»Wie war es im Kino?«, fragt Heidi.

»Der Film hat uns gut gefallen. Porgy and Bess.«

»Schlimm«, findet Rose, »wie die Gutsbesitzer früher mit den armen Menschen umgegangen sind. Gott sei Dank ist es heute besser geworden.«

»Darüber ließe sich bestimmt noch streiten«, meint Lotte.

Rose wechselt schnell das Thema. »Sag, Mama, was macht unsere Kuh Gretel?«

»Der geht es gut. Wir haben ein gesundes Kälbchen.«

»Nur der Name fehlt noch«, sagt Florian.

»Dann müssen wir überlegen.«

Ich habe bereits einen Namen«, verkündet Heidi.

»Welchen? Bitte heraus mit der Sprache«, drängt ihr Mann.

Und Heidi spuckt es aus. »Lotte!«

»Damit bin ich einverstanden«, meint Florian.

»Wir auch.«

Lotte schaut ganz verlegen.

»Zu Ehren von Lotte heißt das neugeborene Kälbchen ab sofort ›Lotte‹.«, beschließt Florian.

»So ist es!«, ruft Rose. »Aber das Kälbchen muss noch getauft werden, bevor meine liebe Freundin abreist.«

»Da habe ich eine Idee«, spricht Heidi. »Morgen nach dem gemeinsamen Frühstück darf Lotte das Kälbchen selbst taufen.«

Lotte holt tief Luft. Sie fühlt sich geehrt. »Eine schöne Geste von euch, ich freue mich und danke euch. Und mein Name bleibt dadurch auch hier.«

Florian drängt nun darauf, die fröhliche Runde zu beenden.

Doch Heidi hat gemerkt, dass mit Lotte irgendetwas nicht ganz stimmt. Sie findet, dass das Mädchen so seltsam verträumt wirkt. Sie fragt frei heraus: »Lotte, was ist mit dir?«

Lotte schaut mit glänzenden Augen in die Runde.

Rose grinst heimlich.

Zögernd beginnt Lotte zu sprechen. »Seit heute Abend gibt es einen jungen Mann in meinem Leben.« Lotte spricht mit gedämpfter Stimme. »Ich habe ihn im Kino kennengelernt. Nach dem Film saßen wir vier noch in einer Weinstube zusammen und plauderten über dies und das. Er gefällt mir sehr gut. Sein Name ist Paul Stock und er lebt mit seinen Eltern in Amorbach, in einem Fachwerkhaus, direkt in der Nähe der großen Abteikirche. Es hat mich wie ein Blitz aus heiterem Himmel getroffen, Amors Pfeil eben.«

»Oh, das scheint was Ernstes zu werden«, vermutet Heidi.

»Wir wünschen dir viel Glück dabei«, ergänzt Florian.

»Paul hat es sich nicht nehmen lassen, mich morgen früh mit seinem Roller, der Bella, abzuholen«, fährt Lotte fort. »Ein Auto ist bereits bestellt, hat er mir verraten, ein Fünfhunderter Fiat,

klein, aber oho! Unter der Woche lebt er in Frankfurt. Seine Ausbildung ist noch nicht zu Ende, er hat sie erst vor Kurzem begonnen. Er möchte Flugkapitän werden.«

»Da hat er sich viel vorgenommen«, meint Florian.

»Ja, es wird nicht einfach werden für ihn. Wenn ich kann, versuche ich, ihm durch meine Stärke zu helfen.«

»Nun lasst uns den Abend beenden, mit guten Gedanken für die Zukunft und reinem Geist für euch und uns«, sagt Heidi. »Es gäbe sicher noch viel zu erzählen, liebes Lottchen, doch wir müssen jetzt abbrechen, sonst wird die Nacht zu kurz.«

»Meine Mädels, träumt was Schönes«, ergänzt Florian.

Heidi schickt die Mädchen sofort in ihre Zimmer.

Stups schläft schon fest in seinem Hundekörbchen. Nun beginnt die Nachtruhe auch für Heidi und Florian.

Am nächsten Morgen wartet Lotte darauf, dass Paul kommt, um sie abzuholen. Sie ist reisefertig, trägt ihre ländlichen Schuhe an den Füßen. Die Tasche ist bereits gepackt. Auch das Kälbchen ist schon getauft. Es trägt jetzt ihren Namen. Verabschiedet hatte sie sich eben schon, auch von Flocki, der nun wieder in seinem Zuhause ist. Sie läuft Arm in Arm mit Rose übers Gehöft zu den hochgewachsenen tiefgrünen Tannen. Da kommt Paul mit seiner Bella in den Hof gefahren. Er stoppt direkt vor Lottes Füßen.

»Hallo, pünktlich wie die Maurer«, ruft Rose.

»Natürlich, das gehört sich auch so«, gibt ihr Paul zur Antwort. Und dabei begrüßt er aufs Allerfreundlichste die beiden Frauen.

Pauls Begrüßung macht Lotte sehr verlegen. Sie spürt, wie Wärme in ihr hochsteigt. Die roten Bäckchen, die sie nun bekommt, passen ihr gar nicht. Doch Paul überreicht ihr mit frohem Gesichtsausdruck und einem Augenzwinkern eine Motorradkappe aus Leder. Lotte schaut verblüfft drein.

»Die musst du aufsetzen, sonst wird es dir zu kühl um die Ohren. Zusätzlich schützt sie deinen Kopf.«

Lotte zögert.

»Los, Lotte, setz sie auf! Mach nicht so einen Zirkus, lass die Fisimatentchen«, fordert Rose ihre Freundin auf.

»Ich komme mir blöd damit vor.«

»Quatsch, die Kappe gibt dir Schutz.«

»Meine Haare werden dann ganz verdrückt.«

»Nun ja«, lästert Rose, »da kommt doch wieder der Stadtvogel durch.«

»Her damit! Ich setzte sie auf, damit es Ruhe gibt.«

»Das ist vernünftig, meine Lotte«, spricht Paul. »Deine Jacke musst du auch anziehen und gut zuknöpfen.«

Lotte zieht die Jacke an und knöpft sie zu. »So, mein Herr Paul, ist es recht so?«

»Ganz perfekt. Ich bin zufrieden.«

»Gut, dass ich mich für die Hose entschieden habe, damit bin ich sitzgerecht angezogen für die Bella.«

»Kann das sein, dass du dich über etwas freust, Lotte?«, fragt Paul, verzaubert von ihrem Anblick.

»Jetzt schon. Ich bin gespannt auf das Rollerfahren.«

»Nun, dann nimm bitte Platz. Wir wollen starten.«

Bevor Lotte sich setzt, bekommt Rose noch schnell ihr Abschiedsküsschen.

»Bis bald, wir schreiben uns«, verspricht Rose.

In einem extragroßen Bogen fährt Paul vom Hof.

Lotte fühlt sich pudelwohl.

Rose schaut den beiden nach, bis sie aus ihrem Blickfeld verschwunden sind. ›Nun sind sie weg. Schade.‹ Sie überlegt, schaut dabei auf ihre Armbanduhr. ›Hach, ich fühle mich richtig erwachsen. Deshalb werde ich heute das Essen kochen, für Mittag und Abend. Das macht mir Spaß. O, là, là! Da fällt mir ein: Mein Bruder kommt mit seiner Frau auch zum Abendessen. Dann muss ich eben etwas mehr kochen, also für fünf Personen. Will gleich nachschauen, was sich so in der Küche getan hat. Vielleicht hat Mutter etwas Bestimmtes vorbereitet. Sie hat ja immer am Vortag schon ihren Essensplan fertig.

Ich hoffe, sie freut sich, dass ich ihr die Kocharbeit abnehmen möchte.‹

Ein gelbes Auto kommt in den Hof gefahren. ›Ach, die Post, vielleicht bekomme ich einen netten Brief.‹

Da geht auch schon die Tür vom Postauto auf. »Hallo, Fräulein Rose. Post für Sie.” Der freundliche Postbote, Herr Blumenfeld, übergibt ihr einen Brief.

»Danke. Haben Sie sonst noch was?«

»Nein, heute nicht.« Schon sitzt er wieder hinter dem Steuer und braust davon.

Rose überquert den Hof und öffnet dabei ihren Brief. ›Ich bin gespannt, was mir Frau Singer aus dem Odenwald schreibt.‹ In dem Brief steht, dass Herr Singer sie in der nächsten Woche am Montag persönlich abholen will, damit Rose nicht soviel schleppen muss. ›Nett, nett, das ist ja prima. Das ist eine tolle Familie, die lob ich mir. Die Arbeit wird mir bestimmt Freude bereiten. Nun muss ich mich sputen und in die Küche gehen, es wird Zeit.‹

Heidi ist bereits in der Küche und denkt: ›Wo nur Rose bleibt? Ich könnte sie dringend gebrauchen. Ich muss schnell weg, um die Arznei für unsere Gretel zu holen. Die Blähungen machen ihr zu schaffen.‹

Noch zur rechten Zeit kommt ihre Tochter herein. Sie hält ihr einen Brief unter die Nase. »Von Frau Singer. Stell dir vor, Mama, am Montag holt mich mein Chef höchstpersönlich ab. Frau Singer schreibt, er macht das, damit ich nicht so viel tragen muss.«

»Das ist doch eine sehr freundliche Geste, meine Rose.«

»Auf jeden Fall. Ich kann es kaum abwarten, mit der Arbeit dort anzufangen.«

»Ich freue mich mit dir, meine Tochter. Jetzt gleich musst du mir einen Gefallen tun, bin nämlich schon so gut wie weg. Ich muss zur Apotheke. Ich brauche dringend die Arznei für unsere Gretel. Kannst du heute kochen?«

Rose lächelt ihre Mutter an. »Das wollte ich heute sowieso tun.«

»Dann ist es ja geklärt. Du findest alles, was du brauchst, auf der Anrichte. Viel Spaß beim Kochen, meine Tochter.« Im Weggehen ruft sie: »Übrigens, dein Papa ist noch nicht da.«

»Wo ist er denn?«, schreit ihre Tochter ihr hinterher.

Aus dem Flur hört sie die Stimme ihrer Mutter. »Er macht mit seinem Freund Toni eine Radtour. Bis zum Abendessen sind sie wieder zurück. Also, bis später«

»So, so«, brummelt Rose vor sich hin. »Dann würde ich sagen, ich schau mal, was es zum Kochen gibt.« Sie nimmt alles in Augenschein. Für den Mittag braucht es nicht so viel. Aber das Abendessen will gut vorbereitet sein.

14

Lotte ist mit ihrem Freund Paul gut in Miltenberg angekommen. Obwohl der Fahrtwind etwas kühl war, war es richtig angenehm, auf dem Roller zu sitzen. Nur anfänglich hatte Lotte Angst, wenn es in eine Kurve ging. Aber dies hätte sie nie zugegeben. Doch jetzt findet sie auch das Kurvenfahren ganz toll. Paul war ein sehr guter Fahrer. Und die Lederkappe? Na, die hatte gute Dienste geleistet.

Nun fährt ihr Freund am Bahnhofsgebäude vor, er stoppt direkt vor den Treppenstufen. Lottes Tasche hat er hinter dem Lenker auf seinem Schoß.

»So, bitte absteigen«, fordert Paul Lotte auf. Dabei hält er den Roller mit seinen Füßen stabil, damit Lotte gut absteigen kann.

»Ei, du bist ja toll gefahren«, lobt sie. »Ich könnte mich daran gewöhnen.«

»Nun, das freut mich. Du weißt aber schon, dass ich nächste Woche mein kleines Auto bekomme.«

»Doch, das weiß ich, und ich freue mich mit dir.«

»Besonders gut ist das, wenn es regnet, dann sitzt man im Trocknen, Lottchen,«

»Da muss ich dir recht geben. Aber sag, Paule, so ein kleines Auto bei deiner Länge. Du bist ein großer Mann. Passt du überhaupt da hinein?«

»Du wirst staunen, wie gut ich zurechtkommen werde. Am kommenden Sonntag hole ich dich bei deinen Eltern ab. Dann kannst du es selbst beurteilen.«

»Paul, wie schön, ich freue mich darauf. Hoffentlich geht die Woche schnell vorüber.«

»Das hoffe ich auch. Aber, schau, der Zug fährt ein. Ich brauche noch schnell eine Bahnsteigkarte, damit ich dich begleiten und dir die Tasche bis zu deinem Platz tragen kann.«

»Ja, komm, flott, flott!« Hand in Hand stürmen beide die paar Treppenstufen nach oben.

Paul wendet sich an den Schalterbeamten im Fahrkarten-Häuschen. »Bitte geben Sie mir eine Bahnsteigkarte.«

»Und das Fräuleinchen?«, fragt der Mann.

»Sie hat schon eine Fahrkarte nach Goldbach.«

»So, so, das Fräuleinchen fährt also weg.«

»Ja, leider«, antwortet Paul.

»Hier haben Sie Ihre Karte, junger Mann. Der Zug steht schon hier auf Gleis eins. In Aschaffenburg muss das Fräulein noch mal umsteigen.«

»Danke, es ist uns bekannt.«

»Sie müssen sich nicht so beeilen. Sie haben noch zehn Minuten Zeit, bis der Zug abfährt.«

»Danke.«

Sie gehen am Zug entlang und Paul hält Ausschau nach einem schönen Fensterplatz. »Hier, Lottchen, da wäre doch was. Was meinst du?«

»Ja, Klasse!«

»Dann komm.« Paul drückt den großen Griff nach unten und öffnet die Wagentür. »Steig bitte ein.«

»Oh, die Treppenstufen sind aber hoch.«

»Das stimmt. Manchmal sind sie auch niedriger. Aber du hast ja die Hose an, dann passt es gut.«

»Nun gib mir die Tasche.«

»Ich komme mit rein.«

Im Zug geht Paul voran. »Schau, hier ist der schöne Platz. Und noch ist hier niemand zugestiegen.«

Lottes Blick wird traurig. »Nun müssen wir uns trennen. Oh, schon so bald, Paul.«

»Du wirst mir auch fehlen. Doch die Woche geht schnell vorüber, du wirst es sehen. Dann komme ich zu dir.« Paul schaut seine Freundin ganz lieb an, zärtlich nimmt er ihren Kopf in beide Hände. Sie küssen sich leidenschaftlich. Lotte ist im siebten Himmel. Dieser Kuss bestärkte eine feste Bindung.

Der Pfiff einer Trillerpfeife reißt beide auseinander.

»Ich muss noch schnell raus, Lottchen. Tschüss, bis bald, und bleib mir treu.«

»Auf jeden Fall«, beteuert sie.

Der Zug fährt langsam an, Paul kann noch schnell abspringen. Lotte winkt ihm zu. Ganz alleine steht er auf dem Bahnsteig.

›Ach ja‹, denkt Lotte, ›ich freu mich jetzt schon auf Sonntag.‹

Als sie sich setzen will, landet sie fast auf ihrer Tasche, die sie auf dem Sitz abgestellt hatte. ›Nun, hier ist Platz genug. Ich setze mich auf den gegenüberliegenden Sitz.‹ Als sie aufblickt, bemerkte sie, dass doch noch Leute zugestiegen waren. Das Blut wallt in ihr auf. Der Kuss! ›Jetzt haben die alles mitbekommen! Aber es soll mir egal sein. Ich spüre: Das ist der richtige Mann für mich.‹

Sie setzt sich. Innere Ruhe kehrt ein. Ihr Blick fällt auf einen ruhig dahinfließenden Main, auf Wiesen und Dörfer. Ein tiefes Durchatmen bewirkt eine große innere Freude. ›Bald werde ich bei meinen Eltern sein.‹ Auf ratternden Rädern rollt sie ihrem Ziel entgegen. Nun hat sie Zeit, die vergangenen Tage Revue passieren zu lassen.

Es ist Abendessenszeit. Florian ist von seiner Radtour zurück. Heidi hat ihre Kuh Gretel gut mit den Tropfen aus der benachbarten Apotheke versorgt.

Rose steht in der Küche und ist mit der Zubereitung des Abendessens beschäftigt. Mit Volldampf hat sie losgelegt, die Hände gewaschen, die Ärmel hochgekrempelt und, ganz wichtig, das Radio eingeschaltet, nämlich mit flotter, fetziger Musik ging bei ihr das Kochen am besten.

Hildegard und Rüdiger kommen nun in den Hof und gehen geradewegs auf das Haus der Eltern zu. Aus dem Küchenfenster dringt wohlriechender Essensduft und heiße Rock-Musik tönt ihnen lautstark entgegen.

»Das hört sich nach Rose an«, meint Rüdiger.

»Na, die hat vielleicht taube Ohren«, empört sich Hildegard.

»Das glaube ich nicht, eher hat sie heißes Blut. Das werde ich meiner kleinen Schwester mal abkühlen.«

»Sei bitte nicht zu streng«, ermahnt ihn seine Frau.

»Nein, bin ich nicht. Sie ist eben noch ein junger Hüpfer. Komm, wir gehen gleich rein. Vielleicht hat Rose sogar heute gekocht. Sie liebt es, dabei diese laute Musik zu hören.«

Hildegard drückt auf den Klingelknopf. Sie warten, aber nichts regt sich.

»Hildegard, klingle bitte etwas stärker, damit sie es hört.«

Hildegard klingelt nun laut und anhaltend.

Keine Reaktion.

»Mein Daumen schmerzt schon und niemand öffnet die Tür.«

»Moment, ich versuche es am Küchenfenster.« Rüdiger ruft so laut er kann zum Fenster hinauf: »Hallo, Rose, bitte die Tür öffnen!«

Aber es regt sich wieder nichts.

Im zweiten Stock wird ein Fenster geöffnet. Florian schaut heraus. »Ihr seid es. Ich komme, ich beeile mich!« Schnell war er die Treppe nach unten gesaust und lässt die beiden nun ins Haus.

Plötzlich endet die flotte Rock –and Roll-Musik. Es ist wieder still im Haus. Die Küchentür geht auf. Rose steht in der Tür, in der erhobenen Hand ein kleines Messerchen.

»Was soll das werden?«; fragt ihr Bruder.

Lächelnd meint Rose: »Ich möchte in den Garten, um Kräuter und Blumen zu holen.«

»Ei, ich dachte schon, es wird eine schlimme Begrüßung.«

Rose muss lachen. »Was denkst du denn, mein Bruderherz. Ich habe kein schlechtes Gewissen wegen der lauten Musik. Die treibt mich nämlich erst so richtig an.«

»Ich dachte mir schon, dass meine kleine Schwester heute das Essen kocht und dass es deshalb so laut ist.«

»Aber sie ist eine gute Köchin«, ergänzt ihr Vater schmunzelnd und schaut seine Tochter stolz an. »Meine Liebe, ich bin gespannt, was du uns Gutes auf den Teller zauberst.«

»Sagt, wo ist Flocki?«, will Rose wissen. »Ich könnte ihn mit in den Garten nehmen.«

»Den haben wir zu Hause gelassen.«

»Warum?«

»Der hatte vor einer Stunde einen großen Spektakel mit einem Maulwurf. Ihr könnt euch denken, wie er danach ausgesehen hat.«

Rose lacht. »War dann wieder eine Dusche fällig?«

»Du sagst es. Deshalb musste er jetzt in seinem Körbchen bleiben.«

»So ist das, aha! Nun, ich muss schnell in den Garten, ihr entschuldigt.« Im Gehen fällt ihr noch etwas ein. »Ach, doch noch was. Hildegard, könntest du mir bitte den Tisch decken?«

»In der Küche oder im Erker-Eckchen?«

»Ach, heute lieber in der Küche, damit ich schneller fertig werde. In einer Stunde schon holt mich Gottlieb zu einem Theaterbesuch nach Frankfurt ab.«

»Hört, meine kleine Schwester geht aus.«

»Auf dieses Theaterstück freue ich mich schon tagelang.«

»Was wird gespielt?«, fragt ihr Vater.

»Die lustige Witwe«, gibt Rose zur Antwort. Voller Eifer eilt sie dem Garten zu.

»Nun, dann werde ich mit dem Tischdecken beginnen.«

»Wir beide, mein Sohn, gehen zum Stall, um nachzusehen, ob Heidi alles im Griff hat.«

Eine ruhige Atmosphäre empfängt die Männer beim Eintreten in den Stall. Kauende Kühe mit großen braunen Augen geben ein Bild der Zufriedenheit ab. In Florian kommt etwas Stolz auf. Er freut sich, dass es ihm gelungen ist, so schöne und gesunde Tiere zu besitzen. Er weiß aber auch, dass seine Familie kräftig mit anpackt und er sich auf sie verlassen kann. Nicht ihm alleine gebühren die Lorbeeren dafür. Plötzlich überkommt ihn eine große innere Dankbarkeit. Er spürt, wer ihm den Segen zu seinem Werk gibt. Gott, unser Vater. Mit dieser Überzeugung streichelt er dankbar seine Lieblingskuh Gretel. Die muht aus voller Leibeskraft, als wolle sie sagen: Hier in diesem Stall bleibe ich. Es geht mir gut hier.

Ein Zuruf von Heidi reißt Florian aus seinen tiefen Gedanken.

»Komm doch bitte rüber zu mir und unserem Kälbchen, Lotte. Schau, wie prächtig es da steht.«

»Ja, ich freue mich. Die Freude steht mir doch ins Gesicht geschrieben, du musst nur hinschauen, mein liebes Frauchen.«

Mit ausgebreiteten Armen geht Rüdiger auf seine Eltern zu. »Man sieht es, hier wohnt die Liebe und die große Geduld. Ich versichere euch, wenn dieses Jahr die Prüfer kommen, gibt es eine Medaille in Silber, oder vielleicht sogar in Gold.«

»Deine Worte in Gottes Gehörgang, Rüdiger. Das wäre sehr schön«, meint sein Vater.

»Ihr braucht euch nicht zu verstecken mit euren gesunden Tieren und eurer hervorragenden Milch.«

Ein kräftiger Glockenton dringt an ihre Ohren. Rose bittet zu Tisch.

Heidi erhebt ihre Stimme: »Schnell, wir müssen folgen, sonst ist sie sauer und kocht nicht mehr.«

»Keine Panik, meine liebe Frau.«

»Deine Tochter möchte mit Gottlieb ins Theater, auch deshalb eilt es.«

»Ach so, davon wusste ich nichts.«

»Dann sofort los, mein Sohn«, drängt Florian. »Verriegele bitte noch die Stalltür. Gemolken wird nach dem Essen.«

»Geht ihr beiden Männer alleine vor, ich muss noch meine Stiefel ausziehen. Ich komme gleich nach.«

An der Haustür empfängt Vater und Sohn ein köstlich riechender Essensduft. »Oh, ich habe einen mächtigen Hunger«, ruft Rüdiger.

»Und ich erst«, gesteht Florian, »Ich könnte doch glatt ein Wildschwein verschlingen.«

»Na, Vater, so schlimm wird es nicht werden. Wenn ich dich so ansehe: Ein Wildschwein hätte keinen Platz in deinem Bauch.« Florian schaut auf seinen Bauch und dann in die Augen seines Sohnes. Beide müssen schmunzeln.

»Liebes, wo ist denn heute gedeckt?«, fragt Rüdiger seine herantretende Frau.

»In der Küche.«

»Das ist mir auch recht.«

»Die Küche ist doch schön geräumig und gemütlich«, meint Rose.

»Ja, es ist okay so.«

»Nun, bitte zu Tisch. Es ist angerichtet«, lädt Rose ein.

Heidi nimmt als Letzte am Tisch Platz. Florian blickt zum Kreuz, das über dem Türrahmen hängt, spricht die gesegneten Worte zum Mahl und wünscht seiner Familie einen guten Appetit.

Nach einer Weile schaut Rose verstohlen auf ihre Armbanduhr. »Oh nein, so spät ist es schon. Ich muss mich sputen.«

»Ja, geh nur, wir wünschen dir und Gottlieb einen angenehmen Theaterbesuch.«

»Danke und Tschüss«, ruft Rose, eilt die Treppe nach oben und denkt: ›Nur noch fünfzehn Minuten Zeit. Ob ich es in der kurzen Zeit schaffe, mich zurechtzumachen?‹

Nach ein paar Minuten hört sie ein kurzes Hupen. ›Mein Gottlieb ist schon da! Toll, dass ich so schnell war und trotzdem schön aussehe. Es ist geschafft. Noch etwas Parfüm. Jetzt ist alles perfekt. Ich habe keine Schelte zu erwarten. Nun kann die Freude auf einen schönen Abend beginnen.‹

Am Tisch der Eltern ist auch gleich eine riesengroße Freude zu erwarten. Die Überraschung ist vorbereitet.

Rüdiger kramt in einem kleinen Säckchen herum. Nacheinander holt er daraus kleine Odenwälder Holzfiguren hervor und setzt sie behutsam auf den Tisch. Ein Schaukelpferdchen, ein Püppchen und anderes Holzspielzeug.

Die Eltern bekommen große Augen.

»Nun, wie fühlt ihr euch, wenn ihr das seht?«, fragt ihr Sohn.

Heidi ist sprachlos, strahlt aber übers ganze Gesicht.

»Gut, gut«, spricht der Vater. »Wir freuen uns, Großeltern zu werden.«

»Ihr habt es sofort verstanden«, freut sich der Sohn, stupst seine Mutter an und fragt sie: »Oma! Klingt das gut in deinen Ohren?«

»Auf jeden Fall. Ich freue mich riesig auf euren Nachwuchs.«

»Ihr werdet noch etwas Geduld brauchen, es dauert noch einige Zeit«, bemerkt Hildegard.

»Ja, wir warten gerne. Wenn nur alles gut geht für euch beide.«

»Das muss sofort begossen werden«, meint Rüdigers Vater. »Ich habe da noch einen guten Tropfen. Das ist mir die Freude wert.«

»Für mich bitte Milch.«

»Ja, wir wissen Bescheid, meine liebe Schwiegertochter.« Florian eilt in den Keller.

Die freudige Stimmung hielt noch eine gute Stunde an. Dann rief die Pflicht wieder.

»Jetzt müssen wir uns aber packen«, meint Rüdiger zu seiner Frau. »Stups muss noch Gassi gehen und wir beide brauchen auch frische Luft und Bewegung.«

»Nun, uns ruft die Arbeit«, sagt Heidi. »Der Stall wartet.«

So teilte sich die Freude und jeder ging auf seinem eigenen Weg voran.

15

Am darauffolgenden Tag sind Florian und Heidi mit ihrem späten Frühstück fertig. Für heute ist ein Tagesausflug geplant. Gleich soll es losgehen. Heidi packt die kleine Tasche, die sie benötigt, um am späten Nachmittag das Orgelkonzert in der weithin bekannten Abteikirche in Amorbach zu genießen. Führerschein, Geld und die Konzertkarten mussten mit.

Da sieht Heidi Rose in schleppendem Gang die Treppe herunterkommen.

»Was ist mit dir?«, fragt sie. »Wie siehst du denn aus?«

Rose winkt energisch ab.

»Rede! Ich will es wissen.«

Rose fängt sogleich zu Schluchzen an, heult drauflos wie ein Wasserfall.

Beide Eltern schauen ihre Tochter entsetzt an.

»Bist du krank?«

»Nein.«

»Hat es dir nicht gefallen?«

»Doch.«

»Was ist dann mit dir?«

»Gottlieb ..., Gottlieb ...«, bringt Rose jammernd hervor. »Der will nichts mehr von mir wissen. Er hat eine andere.«

»Wie bitte?«, braust ihr Vater auf.

»Ja, so ist es.«

Florian packt die Wut. »Das kann dieser Schnösel nicht mit meiner Tochter machen! Ich fahre sofort hin und stelle ihn zur Rede.«

»Papa, das hat keinen Zweck mehr. Es ist vorbei. Es tut sehr weh, aber ich will ihn nicht mehr sehen.«

Roses Mutter mischt sich ein. »Lass sie, Florian, es ist besser so. Wenn er schon eine andere hat, dann sollte man nichts erzwingen. Die Liebe füreinander muss bei beiden Menschen sein, sonst geht da gar nichts. Unsere Tochter wird es durchstehen und einen anderen Mann finden, einen, der es ernst meint mit seiner Liebe. Andere Mütter haben auch schöne Söhne.« Tröstend wendet sie sich ihrem Kind zu. »Du brauchst jetzt Zeit und Abstand, damit sich dein gekränktes Herz wieder beruhigen kann.«

»Ja. Deshalb habe ich meine sieben Sachen gepackt. Herr Singer, mein Chef, holt mich am Mittag ab. Ich möchte es so, liebe Mama. Ich will die Lehrstelle im Odenwald ein paar Tage früher antreten. Es ist besser so für mich.«

»Das können wir verstehen, dein Papa und ich. Aber du meldest dich, wenn irgendetwas ist. Wir sind dann sofort da. Der Ort liegt ja nur einen Katzensprung entfernt.«

»Liebe Mama, ich weiß es zu schätzen.«

»Können wir noch etwas für dich tun?«

»Nein, für mich ist alles in Ordnung so. Ihr könnt ruhig gehen. Ich bitte euch aber, mich in vierzehn Tagen für einen schönen Besuch hier auf unserem Bauernhof abzuholen. Aber jetzt muss ich mich beeilen und fertig anziehen. Also, dann sage ich Tschüss und wünsche meinen Eltern ein schönes Konzert.«

»Danke, meine Tochter.«

Rose ist bereits wieder auf der Treppe zu ihrem Zimmer, als ihr Vater ihr noch die Worte mit auf den Weg gibt. »Pass gut auf dich auf, meine Tochter!«

»Das werde ich tun. Ihr braucht euch keine Sorgen um mich zu machen«

Heidi und Florian schauen ihrer Tochter hinterher.

»Nun wissen wir Bescheid«, sagt Florian, »Das hätte ich nicht gedacht.«

»Auch ich nicht. Aber das Leben ist nun mal so. Die Welt geht deshalb nicht unter.«

»Mein liebes Frauchen, lass uns zum Auto gehen. Ich möchte mit dir in den schön gepflegten Natur-Seegarten. Eine Erholung haben wir beide uns verdient. Anschließend lade ich dich auf einen Kaffee in die Schlossmühle ein. Und dann gehen wir beide ins Konzert. Gefällt dir mein Vorschlag?«

»Ja, das nehme ich gerne an.«

»Dann lass uns losfahren und den Tag genießen. Ich liebe dich.«

Heidi besiegelt diese Liebeserklärung mit einem Kuss der Freude.

16

In Goldbach ist Lotte nach der schönen Zeit auf dem Bauernhof nun schon fast eine ganze Woche wieder am werkeln. Doch ihre Laune wird zunehmend schlechter, denn ihr Vater hatte ihr gleich nach ihrer Ankunft in einem längeren Gespräch eröffnet, dass sie mit der Lehrstelle als Verkäuferin noch warten müsse. Er war der Meinung, die Gründe dafür müsse sie einsehen.

»Momentan ist da nichts zu machen«, hatte ihr Vater gesagt. »Mutter braucht jetzt deine Hilfe. Und da wünsche ich mir, dass du unseren Haushalt und deinen jüngeren Bruder versorgst.«

»Soll ich diesen Lausbub Moritz vielleicht jetzt auch noch erziehen?«, brauste Lotte auf.

»Du kannst es wenigstens versuchen.«

»Das wird was werden.«

»Ich helfe dir dabei.«

»Du als Bahnbediensteter hast so unregelmäßige Arbeitszeiten. Wenn ich dich brauche, bist du bestimmt gerade nicht da.«

»Meine Tochter, es muss so gehen. Wir haben keine andere Wahl.«

»So gerne würde ich Verkäuferin werden, Papa.«

»Nun, du musst es noch verschieben.«

»Aber wie lange?«

»Diese Frage kann ich dir nicht beantworten. Jetzt müssen wir fest zusammenhalten und schauen, dass deine Mutter wieder gesund wird.«

»Was hat sie eigentlich?«

»Das kann ich so genau auch nicht sagen. Der Arzt meint, es sind die Nerven, es kommt von der Seele. Du weißt, wir sind Flüchtlinge und mussten alles stehen und liegen lassen. Ich glaube, deine Mutter hängt noch sehr an der Vergangenheit.«

»Das bringt doch nichts. Sie muss nach vorne schauen, sonst wird sie nur noch kränker.«

»Aber gutes Zureden hilft da auch wenig. Es muss vom Menschen selbst kommen, sich auf das Neue einzulassen. Momentan kann deine Mutter nicht einmal mehr alleine laufen.«

»Was, so schlimm ist es?«

»Ja, leider. Dr. Beusch, unser Hausarzt, meint, ich sollte ihr ein Massagegerät kaufen und ihre Beine damit massieren. Dies würde ihre Muskeln wieder stärken. Sie soll nicht den ganzen Tag im Bett liegen. Essen will sie auch nichts. Der Appetit fehlt ihr.«

»Kein Wunder, sie lässt sich einfach hängen«, maulte Lotte. »Und wir sollen darunter leiden.«

»Lotte, sei vernünftig. Deine Mutter macht es nicht extra.«

»Ja, aber so leidet der ganze Hausstand.«

»Nun, wir müssen jetzt Geduld haben, meine Tochter.«

»Wenn das so ist, fahre ich eben morgen früh mit dem Zug nach Aschaffenburg und sage beim Schuhhaus Tack meine Lehrstelle ab. Es genügt, Bescheid zu sagen, ich habe ja noch keinen Vertrag«, meinte Lotte traurig.

»Es tut mir leid, meine Tochter, aber es lässt sich nicht ändern. Ich schreibe dir noch einen Brief, den kannst du dort der Chefin übergeben, dann weiß sie, dass ich einverstanden bin.«

»Hm!«

»Lass deinen Kopf nicht so hängen. Es findet sich bestimmt wieder eine bessere Zeit für dich.«

Lotte blickte ihren Vater treuherzig an und sagte: »Wenn du meinst.«

»Ja, ich meine ..., aber ..., Moment, meine Tochter. Ich glaube, wir sollten doch nicht so voreilig handeln. Warten wir doch noch ab. In vier oder sechs Wochen könnte sich alles geändert haben. Bis Mitte September hast du noch Zeit. Für die Lehrstelle wurde bis jetzt nur eine mündliche Absprache getroffen. Es gibt noch nichts Schriftliches. Von daher hat es wirklich noch Zeit.«

»Du hast recht, Papa.«

»Da fällt mir ein, Lotte, ich habe eine Postkarte für dich.«

»Von wem?«

»Ja, das musst du selbst herausfinden.«

»Zeig her, Papa!"

Ihr Vater reichte ihr die Karte.

»Oh, von meinem Paul aus Amorbach. Eine schöne Karte mit Mecki, dem Igel.« Lotte liest, was Paul geschrieben hat. Froh verkündet sie: »Es ist eine erfreuliche Mitteilung. Er schreibt, dass er am Sonntag kommt. Papa, er kommt mit seinem Auto, einem nagelneuen Fünfhunderter Fiat.«

»So, so, da würde ich meinen, du solltest einen Kuchen für diesen Besuch backen und ihm zeigen, dass du was kannst.«

»Guter Gedanke, Papa. Das tue ich gerne. Hast du auch wirklich nichts dagegen, Papa?«

»Nein, warum sollte ich? Ich möchte ihn gerne kennenlernen.«

»Die Gelegenheit bietet sich am Sonntag.«

»Na, da bin ich gespannt, wen du dir ausgesucht hast.«

»Einen großen Mann mit dunklen Haaren und braunen Augen, aber vor allem ist er sehr zuvorkommend und lieb.«

»Siehst du, Kind, darauf kommt es an, das Herz auf dem richtigen Fleck zu haben.«

»Da bin ich mir sicher. Das hat er.«

»Nun, ich habe noch einen Brief an Opa zu schreiben. Du hast bestimmt auch noch etwas zu tun.«

»Aber ja, ein großer Korb Wäsche steht hier zum Bügeln bereit.«

»Um deine liebe Mutter kümmere ich mich in den kommenden drei Tagen selbst. Dann hast du mehr Zeit zum Kochen und für Moritz und seine Schularbeiten.«

Die zwei letzten Tage dieser ersten Woche waren schnell vorübergegangen. Der ersehnte Sonntag ist nun da. Lotte ist sehr früh aufgestanden, um alles pünktlich abzuarbeiten, das Frühstück und das Mittagessen. Nun war noch der Kuchen zu rühren, damit er frisch gebacken auf den Tisch kommen konnte. Moritz hatte sich sogar angeboten, den Kuchen selbst zu rühren. Das kam bei seiner Schwester gut an. Sie lobte ihren Bruder. Der genoss das Lob und rührte kraftvoll mit dem Kochlöffel in dem Kuchenteig. Nun holte sie die Form, strich sie mit Margarine aus und streute Semmelbrösel darüber. Die Brösel sind ganz wichtig, damit der Kuchen beim Umstürzen gut herausfallen kann. Jetzt den Teig in die Form löffeln, zuletzt noch glatt streichen — und nun hinein in den Elektroherd. So, in einer Stunde wird der Gesundheits-Kuchen fertig gebacken sein.

Lotte freut sich heute so sehr, dass sie mit ihrer Freude die ganze Familie angesteckt hat. Voller Erwartung zählt sie die Stunden ab. Jetzt ist es vierzehn Uhr. ›Eine Stunde noch, denkt sie, dann ist er da. Was tu ich jetzt? Der Kaffeetisch ist gedeckt, der Kuchen bereitgestellt und ich selbst bin auch fertig gerichtet. Ich habe mir ein schönes Kleid angezogen, mit weißen und schwarzen Streifen und mit kleinen orangefarbenen Blümchen bedruckt. Sieht schick aus. Ich bin mit mir zufrieden. Aber irgendetwas fehlt. Was? Natürlich, jetzt fällt es mir auf, es ist kein Blumenstrauß auf dem Tisch! Wie konnte ich das vergessen! Da muss ich noch schnell in unseren Garten rüber. Es soll aber ein kleines Sträußchen werden. Klein und fein. Weniger ist mehr.‹

Als Lotte, mit den Blumen in der Hand, gerade das Gartentor wieder schließen will, hört sie Motorengeräusche. ›Ach, vielleicht ist es Paul.‹ Sie bleibt stehen und wartet ab.

Ein kleines helles Auto kommt angefahren. Es hupt. Lotte ist glücklich. ›Das ist mein Paul.‹ Sie läuft ihm sofort entgegen. Paul fährt an den Straßenrand, hält an, steigt aus und breitet seine Arme weit aus, um die ihm entgegenfliegende Lotte einzufangen.

»Meine süße Kleine, schick siehst du aus.« Er gab ihr einen innigen Kuss.

Lotte spürt die feste Bindung, die sich über die ganze Woche der Trennung hin bewahrt hatte.

Nun muss sie Luft holen. Dazu drückt sie Paul mit sanfter Hand ein wenig zur Seite.

»Paul, ich spüre es, du hast mich vermisst.«

»Und wie. So ein schönes Mädchen vermisst man doch.«

»Oh, ich fühle mich sehr geehrt. Du bist zum Kaffee eingeladen. Mein Papa möchte dich kennenlernen.«

»Hm, ich dachte mir schon so etwas. Deshalb habe ich einen Blumenstrauß für deine Mutter mitgebracht.«

»Schau, ich habe auch einen Strauß, klein und fein.«

»Lass sehen. Ja, dieser ist liebevoll gepflückt. Wo soll er denn hin?«

»Auf unseren Kaffeetisch.«

»Dann wollen wir das tun. Aber einen Moment noch«, er holt etwas aus dem Auto. »Der Strauß für deine Mutter.«

»Der ist aber groß und üppig. Er sieht sehr schön aus. Den hast du auch mit Liebe ausgesucht. Da wird sie sich sehr freuen.«

»Für dich, meine kleine Putz, habe ich auch was.«

»Ich bin gespannt.«

»Simsalabim!« Wieder zaubert er etwas aus dem Auto hervor. »Schau her, eine volle Tüte bester Trauben.«

»Dazu sage ich nicht Nein. Du hast ganz und gar meinen Geschmack getroffen.«

»Das habe ich gehofft.«

»Nun lass mich doch bitte dein neues Auto betrachten.«

»Aber ja, gerne, setz dich rein. Ich erkläre dir alles. Ein italienisches Modell aus Turin.«

»Flott«, stellt Lotte kurz und knapp fest, als sie neben Paul im Auto sitzt. Dann gibt sie doch noch etwas mehr von sich. »Paul, ich muss feststellen: Es ist gar nicht so klein, dein Auto.« Lachend spricht sie weiter. »Nur deine Knie stehen etwas nach oben.«

»Das hat nichts zu bedeuten, ich komme trotzdem gut zurecht. Und für dich ist auch noch Platz, wie du siehst.«

»Für mich reicht es auf jeden Fall«, beteuert sie.

»Diese Woche habe ich mit meinen Eltern eine Spritztour gemacht. Wir hatten alle genug Platz, obwohl meine Mutter groß ist. Dafür ist mein Vater klein. Er durfte dann hinten auf der Rückbank Platz nehmen. So glich es sich gut aus. Lotte, nächste Woche möchte ich in diesem Auto mit dir und meinen Eltern einen Ausflug machen, nach Eberbach, an den Neckar. Da wäre

Urlaubsfahrt über den Großglockner!

es schön, wenn du neben meinem Vater auf der Rückbank Platz nehmen würdest.« Paul blinzelt Lotte zu. »Das macht dir doch nichts aus, oder?«

»Nein, deiner Mutter lasse ich den Vortritt wegen ihrer Größe. Da stimm ich zu. Ich muss dir was eingestehen, Paule.«

»Jetzt bin ich aber neugierig.«

»Ich freue mich, mit dir, dass du so ein schönes Auto fährst. Bin sogar stolz auf dich.«

»Das wird sich bestimmt in Grenzen halten, wenn ich dir sage, dass ich mein kleines Auto erst abbezahlen muss, jeden Monat eine Rate.«

»Das finde ich in Ordnung, sonst müsstest du vielleicht noch lange auf ein neues Auto warten.«

»Das ist wahr. Um es kaufen zu können, habe ich eine gewisse Summe angezahlt und den Restbetrag auf ein ganzes Jahr verteilt. Dann erst ist er bezahlt, der kleine Fiat. Nur so war es machbar. Aber nun kann ich bequem mit meinem Auto nach Frankfurt fahren. Mein Gehalt, mein Liebes, muss jedoch noch Schritt für Schritt wachsen. Rom ist auch nicht auf einmal emporgewachsen.«

»Da gebe ich dir recht. Wie ich sehe, hast du eine kleine Blumenvase auf dem Armaturenbrett angebracht.«

»Ja, die habe ich vom Autohaus in Miltenberg geschenkt bekommen.«

»Niedlich ist die und passt so schön dahin. Die werde ich dir gleich aus dem Garten füllen.«

»Meinst du nicht, Liebes, wir sollten zuerst zu deinen Eltern gehen?«

»Oh ja, ich vergaß die Zeit, natürlich gehen wir sofort, sonst wird es zu spät für den Kaffee. Komm, nimm deinen schönen Blumenstrauß für meine Mutter mit.«

»Bitteschön, und du die Trauben.«

»Danke.«

Ihr strahlender Blick trifft den seinen, und für einen Moment sind beide Augenpaare ganz ineinander gefangen.

Lotte ist zugleich glücklich und ein wenig verlegen. Sie versucht, ihre Sprache wiederzufinden. »Nach dem Kaffee kann ich für ein paar Stunden alleine mit dir zusammen sein.«

»Das will ich doch hoffen«, lächelt Paule.

»Dann fülle ich dir die kleine Vase mit meinen Lieblingsblumen.«

»Schön«, freut sich Paul.

»Komm, lass uns schnell rüber ins Haus gehen.«

»Du hast es aber plötzlich sehr eilig.«

»Ja, ich bin spät dran. Mein Vater ist immer für Pünktlichkeit. Und leider habe ich die Zeit schon überzogen. Bei uns steht normalerweise der Kaffee sonntags um fünfzehn Uhr auf dem Tisch.«

»Ach, so schlimm wird es nicht werden. Du hast nur eine Viertelstunde überzogen. Gerade wolltest du noch Blumen pflücken.«

»Ja, ich habe mich verfranst.« Lotte lässt die Haustür ins Schloss fallen und nimmt ihren Paul an die Hand. Beide eilen die Treppe hoch. Dort öffnet sich die Korridortür. Es riecht angenehm nach frisch aufgebrühtem Kaffee. Ihr Vater steht in der Tür, er schaut freundlich. »Meine Tochter, der Kaffee läuft schon in die Kanne. Du kannst langsam machen.«

»Papa, hier ist er, der Paul!«

»Paul Stock«, stellt der sich vor.

»Angenehm, Josef Müller«, erwidert Lottes Vater. »Aber bitte, kommen Sie doch herein.«

Lotte saust in die Küche, legt dort die Trauben ab und sucht nach einer kleinen Vase für ihre Blumen. Sie kommt in die Stube und stellt die Blumen auf den Tisch. Ihr Vater hat in der Zwischenzeit Lottes Freund seiner Frau Gisela schon vorgestellt. Gisela hatte sich etwas Hübsches angezogen und sitzt heute mit am gedeckten Kaffeetisch. Sie freut sich über Lottes Freund und den von ihm mitgebrachten tollen Blumengruß. Lotte saust nochmals los, um auch diese Blumen zu versorgen. Nun kommt sie mit dem großen Strauß in einer schönen Vase wieder zurück.

»Mama, wo möchtest du ihn hingestellt haben?«

»Auf diesen kleinen Tisch hier, da kommt er gut zur Geltung. Von dort verbreitet er eine freundliche, liebenswürdige Atmosphäre. Sehr schön. Was meint ihr dazu?«

»Ganz wunderbar, da passt er gut hin.«

»Aber nehmen Sie doch bitte Platz, Herr Stock«, fordert Gisela Paul auf.

»Danke.« Paul macht eine leichte Verneigung.

Lotte war bereits wieder in die Küche zurück gegangen. Von dort hört man sie rufen: »Der Kuchen kommt gleich, und der Kaffee auch.«

Und dann kommt Lotte wieder herein, mit Moritz im Schlepptau. Moritz bringt den aufgeschnittenen Kuchen und seine Schwester den heißen Kaffee.

Moritz stellt den Kuchen auf den Tisch und stellt sich vor. »Ich bin der Moritz, Lottes Bruder«

»Sehr erfreut, Moritz«, antwortet Paul. »Ich bin erstaunt, dass es auch einen Bruder gibt.«

»Hat meine große Schwester noch nicht erzählt, dass sie einen kleinen Bruder hat?«

»Nein«, antwortet Paul.

»Sonst erzählt sie immer gleich von ihrem Floh. Der Floh, das bin ich auch.«

Lotte verteidigt sich. »Mein liebes Brüderlein, ich kam noch nicht dazu.«

»Macht nichts«, entgegnet Floh, »ich habe mich soeben selbst vorgestellt.«

»Das hast du prima gemacht«, lobt ihn sein Vater.

»Damit du dich nicht übergangen fühlst, bringe ich dir eine gute heiße Schokolade«, schmeichelt ihm seine Schwester.

»Danke, die wird mir schmecken.«

»Nun, der Kaffee ist eingegossen. Lasst ihn nicht kalt werden«, ermahnt Lottes Vater und reicht dabei den Kuchen weiter.

Paul beißt voller Genuss hinein, er lobt sofort den Kuchenbäcker. Er möchte wissen, wer den Kuchen gebacken hat.

»Das war unsere Tochter«, antwortet die Mutter.

»Ja«, meldet sich Floh. »Aber ich habe ihn kräftig gerührt. Deshalb schmeckt er auch so gut.«

»Na klar«, meint Lotte. »Das war unsere gemeinsame Arbeit.«

Floh freut sich über das Lob seiner Schwester und grinst verlegen in sich hinein.

Eine gute Stunde war schon in geselliger Runde vergangen. Lotte sitzt jetzt auf heißen Kohlen. Sie weiß nicht, wie sie die Kaffeetafel aufheben kann, will sie doch unbedingt noch mit Paul in den Garten.

Da kommt ihr die Frage ihres Vaters hilfreich entgegen. »Gisela, was meinst du, ist es schon sehr anstrengend für dich?«

»Ja, Josef, ich würde mich gerne wieder hinlegen.«

»Dann bringe ich dich rüber zum Schlafzimmer.« Damit sein Gast sich nicht zu sehr verwundern muss, erklärt er: »Sie müssen wissen, Herr Stock, meine Frau kann zurzeit nicht selbst laufen. Ich muss sie tragen, sozusagen ›auf Händen tragen‹.«

Gisela huscht trotz ihrer Krankheit ein Lächeln übers Gesicht.

»Nun, wir beide geben die Hoffnung nicht auf.« Josef streichelt seiner Frau über die schwarzen gewellten Haare. »Unser Hausarzt unterstützt uns sehr dabei.«

Paul steht auf und geht zu Lottes Mutter hin. »Ich wünsche Ihnen eine baldige Genesung.«

»Vielen Dank, junger Mann. Und ich hoffe auf weitere Besuche.«

»Gewiss, Frau Müller. Der Kuchen war gut, also komme ich wieder.«

Darüber muss die ganze Runde noch einmal fröhlich lachen.

»So, meine liebe Frau, ich trage dich jetzt rüber ins Schlafzimmer.«

Lotte geht voraus und öffnet ihrem Vater die Türen.

Floh und Paul räumen in der Zwischenzeit das Kaffeegeschirr in die Küche.

Lotte kommt freudestrahlend zurück. »Jetzt, Paul, gehen wir in den Garten.« Sie nimmt ihn fest an die Hand. Und keiner sollte es wagen, die beiden aufzuhalten.

Gemeinsam durchschreiten Lotte und Paul das Gartentor. Es war geschafft. Eine Duftwolke des wohlriechenden Thymians empfängt sie.

Lottes Freund sieht sich im Garten um. »Ihr habt sehr schönes Gemüse, muss ich feststellen.«

»Das ist Papas Hobby.«

»Und die vielen Blumen, Rosen, Gräser.«

»Ja, Papa macht es Freude, im Garten zu arbeiten.«

»Es ist gut für die Seele«, sagt er.

»Schau, Paul, das sind meine Lieblingsblumen! Die Löwenmäulchen.« Sie pflückt ein kleines Sträußchen und reicht es ihm. »Wenn man unten auf die Blüte drückt, macht die Blume ihr Mäulchen auf. Ich finde diese Farbe wunderbar, das Orange mit diesem hellen, leicht rötlichen Ton darin. Auch mag ich den feinen milden Duft.«

Paul schnuppert. »Ja, angenehm, leicht süßlich. Lottchen, damit habe ich ein Andenken von dir, das mir die ganze Woche Freude bereiten wird. Komm, wir bringen das Sträußchen zum Auto. Und lass uns gleich ein Stückchen wegfahren.«

»Jetzt sofort?«, fragt sie.

»Aber ja!«

»Wohin?«

»Vielleicht zum Park Schönbusch nach Aschaffenburg?«

»Oh ja! Ich sage nur meinem Vater noch schnell Bescheid.«

»Ach, Liebes, dann kann ich gleich mitkommen, um mich zu verabschieden. Wenn wir zurück sind, lasse ich dich nämlich vor deinem Elternhaus aussteigen und fahre gleich weiter zu meinen Eltern.«

Gesagt, getan!

Lotte gefiel das Ambiente des Parks. Das kleine Schlösschen mit Blick auf das Schloss Johannisburg, das Tee-Häuschen und all die versteckten lieblichen Häuschen. Das kleine Dörfchen nicht zu vergessen und den Aussichtstrum, der demjenigen eine weite Sicht darbietet, der ihn besteigt.

Er war schön, der Ausflug mit ihrem über alles geliebten Paule in seinem neuen Auto.

Nun musste leider geschieden werden — für eine ganze Woche. Ein letzter Kuss und sie musste aussteigen.

Paule hält sie noch für einen Moment fest. »Du bist am kommenden Samstag zu uns eingeladen, Lotte. Ich soll es dir von meinen Eltern ausrichten. Sie freuen sich auf dich. Ein Bett steht bereit.«

»Gut, mit der Vorfreude darauf wird mir die Woche auch nicht so lang werden. Viele Grüße an deine Eltern.«

Als er davonfährt, winkt sie ihm mit ihrem neuen bunten Halstuch nach.

17

Paul Ferdinand kommt zu seinen Eltern zurück. Er ist irgendwie aufgewühlt. Das mit dem Flugkapitän ist wohl doch nicht das Richtige für ihn, hat er sich überlegt. Beim Abendbrot rückt er mit seinem Problem heraus.

Die Eltern hören gut zu. Zum Schluss meinen sie beide, dass er alleine die Verantwortung für seine Berufswahl tragen und die Entscheidung treffen müsse.

Vater Johann sagt: »Diese Woche hast du Urlaub. In dieser Zeit triff deine Entscheidung.«

»Ich möchte lieber auf dem Boden bleiben und nicht in die Lüfte gehen«, antwortet Paul Ferdinand nun mit fester Überzeugung.

»Na, diese Woche scheint mir sehr turbulent für dich zu werden.«

Mama Elisabeth fragt: »Mein lieber Sohn, was ist denn nach deiner Meinung das Richtigere für dich?«

»Elektromeister möchte ich werden. Das wollte ich schon vorher.«

»Ach, und warum hast du dann das andere angestrebt?«

»Es reizte mich einfach, die fernen Länder zu sehen und mit so einem großen Flugzeug zu fliegen. Aber nun habe ich mich in Lotte verliebt. Meine Pläne haben sich geändert. In Zukunft werde ich mehr auf mein Bauchgefühl achten.«

»War es vorher anders?«

»Ja, die Ferne lockte.«

»Gut, dass du noch nicht so lange bei der Fliegerei gewesen bist«, meint der Vater. »Eine Sache davon kommt dir aber nun zugute.«

»Was meinst du, Vater?«

»Das Thema Elektrizität hast du doch jetzt gerade in großem Umfang durchgenommen.«

»Ja, das ist ein großer Vorteil für mich. Da gebe ich dir recht. Drum fahre ich gleich morgen früh nach Würzburg, um mich wegen des Elektromeisters kundig zu machen. Meine Papiere nehme ich auch gleich mit. Ich habe ja bereits eine abgeschlossene Gesellenprüfung als Elektriker. Das waren harte Jahre bei meinem Meister hier in Amorbach, aber sehr lehrreiche. Nun, die Ausbildung zum Flugkapitän hätte mich auch viel Zeit und Geld gekostet. Lobenswert, dass mir Lottchen dazwischenkam.«

»Meinst du, Paul Ferdinand, dass es wirklich so in Ordnung ist?«, fragt sein Vater.

»Für mich ja. Warum in die Ferne streben, wenn das Gute liegt so nah. Ich will auch nicht immer dasitzen und büffeln, sondern produktiv sein. Nun möchte ich die gemeinsame Sitzung beenden, habe noch zu tun, damit ich morgen gut vorbereitet bin. Hoffe, dass mir alles gelingt und ich einen Platz zur Meisterschulung erhalte. Ich möchte nicht ohne eine feste Zusage nach Hause kommen, will es schwarz auf weiß in der Tasche haben. Mein alter Meister hatte mir ja sowieso vorgeschlagen, den Elektromeister zu machen. Ich habe bereits mit ihm darüber gesprochen. Bis ich mit meiner Meisterausbildung fertig bin, darf ich wieder als Geselle bei ihm arbeiten. Einmal in der Woche, mittwochs abends, fahre ich zur Schulung nach Miltenberg. Am Wochenende, ab Freitag, bin ich dann in Würzburg. Es kommt eine harte Zeit auf mich zu, aber ich bin voller Zuversicht, dass es klappt. Ich gehe mit Freude daran. Wenn ich alle Zwischenprüfungen bestehe und alles gut geht, könnte ich es in drei Jahren geschafft haben. Für meinen Unterhalt kann ich dabei selbst sorgen. Das ist mir sehr wichtig.«

»Ja, mein Sohn. Doch ich bin der Meinung, du kannst etwas Unterstützung gebrauchen«, meint der Vater.

Mutter Elisabeth nickt bestätigend und sagt: »Ja, so denke ich auch, mein Sohn.«

»Wir verzichten also gerne auf dein Kostgeld. Diese Ausbildung wird dich noch genug Geld kosten.«

»Ich bin euch dankbar, dass ihr mir entgegenkommt. Ich muss ja schon die Schule aus eigener Tasche bezahlen.«

»Das ist doch selbstverständlich, Paul Ferdinand.«

»Danke, ich weiß es zu würdigen. Nun wünsche ich euch eine gute Nacht.«

»Dir ebenfalls.«

Die Mutter fragt noch: »Musst du morgen sehr früh aus den Federn?«

»Ja, ich möchte vor acht Uhr in Würzburg sein.«

»Paul Ferdinand, wir drücken dir für morgen ganz fest die Daumen.«

»Danke.«

Paul verlässt die Eltern, um in sein Zimmer zu gehen. Er denkt: ›Dieser nächste Tag soll mir Glück bringen. Besonders bei der Aufnahmeprüfung. Nun, auch wenn das alles morgen sehr anstrengend wird, darf ich mein Lottchen nicht vergessen. Ich muss ihr aus Würzburg eine schöne Mecki-Karte schicken. An diesem liebenswürdigen kleinen Igel mit den stacheligen Borsten, egal, ob als Frau oder Mann angezogen, haben wir unsere Freude.‹

18

Die Wochenmitte war schon vorbei. Lotte vermisst ihren Paule sehr. Von Rose hatte sie immer noch keine Nachricht erhalten. ›Was sie wohl treibt?‹, denkt Lotte. Aber sie hatte keine Zeit — und schon war Rose wieder aus ihren Gedanken gesprungen. Ihre Mutter machte ihr große Sorgen. Sie kam einfach nicht auf die Beine. Vater gab sich die größte Mühe, aber nur langsam, nur ein kleines Stückchen ging es aufwärts. Wenigstens konnte die Mutter nun stehen, doch das Gehen ohne Hilfe war undenkbar.

Lotte sehnt das Wochenende herbei. Sie ist so sehr in ihren Paule verliebt. Ihr Vater hat erlaubt, dass sie zu Paules Eltern nach Amorbach fahren darf. Das bringt sie wieder mehr in Schwung. Trotz alledem, die Gedanken kullern in ihrem Kopf herum. Sie möchte arbeiten gehen. Nur hier zu Hause rumzuwerkeln und nichts im Geldbeutel zu haben, gefällt ihr nicht. Sie muss es schaffen, alles unter einen Hut zu bringen, was bestimmt nicht so einfach wird. Zufällig begegnet ihr beim Einkaufen Hedi, eine frühere Schulfreundin. Beide unterhalten sich und Lotte erzählt, was ihr zurzeit nicht passt.

Hedi hört ihr zu und gibt Lotte einen Rat. »Komm doch mal mit mir nach Damm, zur Schneiderei Zankel. Das ist eine kleine Firma, aber das genau ist das Besondere. Es lässt sich dort gut arbeiten.«

Lotte überlegt nicht lange und nimmt das Angebot an.

Hedi meint: »Ich werde unserem Chef Bescheid sagen, dass du nächste Woche am Freitag zu uns hereinschaust. Wir brauchen unbedingt fleißige Näherinnen. Mir macht die Arbeit dort Spaß. Wir haben ein gutes Betriebsklima.«

»Hedi, du machst mir Mut.«

»In der ersten Woche, als Anfängerin, kannst du dir zwanzig Mark verdienen, direkt in die Lohntüte.«

»Prima, dass ich dich getroffen habe. Ich will sehr gerne kommen. Meine Mutter soll sich eben mehr anstrengen. Sie muss unbedingt wieder auf die Beine kommen. Vielleicht fließt ihre Energie besser, wenn sie merkt, dass die Tochter nicht da ist und die Arbeit liegen bleibt. Hedi, ich will es versuchen! Wenn es gar nicht geht, ich meine wegen meiner Mutter, dann werde ich die Arbeit wieder beenden. Einen Lehrvertrag kann man nicht so einfach kündigen, aber bei einer solchen Stelle geht das, wenn es sein muss. Eigentlich wollte ich ja Schuhverkäuferin lernen, aber jetzt möchte ich lieber arbeiten und Geld verdienen. Ich muss an die Zukunft denken, die Aussteuer ergänzen, Geld sparen und dann mit Paule einen Hausstand gründen.«

»Lotte, mach langsam, es wird dir schon gelingen. Lass dir Zeit, du bist doch noch sehr jung.«

»Ja, aber es darf doch geplant werden.«

»Natürlich kannst du planen. So, Lotte, ich muss jetzt aber nach Hause. Meine Mutter wartet auf die eingekauften Sachen.«

»Aber selbstverständlich, geh nur. Doch eines will ich noch wissen, Hedi.«

»Was denn?«

»Du wohnst doch direkt am Bahnhof in dem kleinen Bahnhaus mit dem bunten Bilderbuch-Gärtchen davor. Stört euch der viele Zugverkehr nicht?«

»Ach, den hören wir nicht mehr. Daran sind wir schon längst gewöhnt. Manchmal frage ich mich sowieso, wer lauter ist, die Züge oder meine Geschwisterschar.«

»Ja, ja«, lacht Lotte.

»Unser Vater ist Zugführer, der könnte gar nicht ohne seine Züge sein. Uns fährt kein Zug vor der Nase weg – ein großer Schritt und wir stehen direkt auf dem Bahnsteig. Siehst du, Lotte, wir haben auch Vorteile. Nun muss ich aber los! Grüß mir deine Mutter. Ich wünsche ihr gute Besserung.«

»Danke, Hedi, ich richte es aus. Muss noch ein gutes Stück laufen, bis nach Hause.«

»Da habe ich es kürzer, Lotte. Machs gut und Tschüss.«

Als Lotte gerade denkt ›Zum guten Glück ist meine Tasche nicht so vollgepackt, sonst hätte ich auf dem langen Weg ganz schön schwer zu tragen‹, fährt ein Lieferwagen an ihr vorbei und bleibt stehen. »Hallo, mein Fräulein. Können Sie mir bitte sagen, wo die Firma Glas Dreisbusch ist?«

»Ganz hier in der Nähe. Immer geradeaus, auf der rechten Seite. Ich muss da auch hin, wohne direkt gegenüber.«

»Dann nehme ich Sie gerne mit. Bitte einsteigen.«

»Das ist ja Klasse. Dann brauch ich die Tasche nicht mehr zu schleppen.«

»Das Fräulein kennt sich hier gut aus.« Der Fahrer gibt Gas und fährt an. Es dauert nicht lange, da ruft Lotte schon: »Bitte anhalten! Hier ist die Firma, die Sie suchen.«

»Was, hier ist es schon? Das ist ja ein kurzes Stück gewesen.«

»Ja, und hier drüben bin ich zu Hause.«

Der Fahrer hält an, um Lotte aussteigen zu lassen. »Fräuleinchen, vergessen sie ihre Tasche nicht.«

Lotte bedankt sich und steigt schwungvoll aus. Sie läuft geradewegs über die Straße und durchs offene Gartentor hindurch bis zur Haustür. Dort merkt sie: ›So was, jetzt habe ich den Hausschlüssel ganz unten in der Tasche. Blöder kann es nicht sein.‹ Ihr stinkt es, die ganze Tasche muss ausgeräumt werden. Da öffnet sich die Haustür. Bruder Moritz steht da und grinst. »Na, Schwesterchen, hast du keinen Schlüssel?«

»So ist es. Du kommst zur rechten Zeit, hast mir die Arbeit erspart, danke. Aber wo willst du hin?«

»Schnell zur Apotheke in den Ort, die Arznei für unsere Mutter holen. Dr. Beusch war da und hat für sie ein Rezept ausgeschrieben. Ich soll es gleich besorgen. Darf ich dein blaues Fahrrad nehmen?«

»Warum nimmst du nicht dein eigenes?«

»Mir ist die Kette heruntergefallen. Papa soll es richten.«

»Nun, dann pass gut auf mein Fahrrad auf.«

»Ich verspreche es mit meinem Indianerehrenwort.«

»Hast du auch genügend Geld dabei?«

»Ja, von Papa. Es reicht. Darf mir sogar ein Bällchen Eis kaufen.«

»Anscheinend warst du brav, hm?«

»Habe meine Hausaufgaben gut gemacht. Papa war heute mit mir sehr zufrieden.«

»Na dann zisch los!«

Freudestrahlend marschiert er ab, um das schöne neue blaue Fahrrad seiner Schwester zu holen. Lotte greift wieder nach ihrer Tasche und trägt sie die Treppe nach oben. Ihr Vater erwartet sie schon sehnlichst.

»Was machst du hier im Korridor, Papa?«

»Auf dich warten«, sagt Josef.

»Wieso?«

»Deine Mutter hatte wieder eine schreckliche Gallenkolik.«

»Ach nein!«

»Doch, leider. Eben war der Arzt da und hat ihr eine Spritze verabreicht, weil sie so große Schmerzen hatte. Jetzt schläft sie.«

Lotte schluckt die Worte runter, die sie gerne ausgesprochen hätte. Jetzt ist nicht der richtige Zeitpunkt.

»Dr. Beusch hat deine Mutter ins Krankenhaus nach Aschaffenburg überwiesen. Wahrscheinlich ist es ein ärgerlicher Gallenstein.«

Lotte würde am liebsten losheulen, als sie die Worte des Vaters hört. Mutter im Krankenhaus — was sollte nun aus ihren Plänen werden? Doch Heulen würde die Situation auch nicht verbessern.

Ihr Vater spricht weiter. »Der Krankenwagen kommt in einer halben Stunde. Bitte packe die nötigen Sachen für deine Mutter zusammen.«

»Drum hast du Moritz weggeschickt!«

»Es ist besser so, du kennst ihn, meine Tochter. Bitte bring es deinem Bruder schonend bei.«

»Ich mal wieder!«

»Einer muss es ja tun. Ich begleite doch meine Frau.«

»Verstehe, Papa. Sofort richte ich die Tasche für Mama. Sag, darf ich dann am Wochenende nicht wegfahren?«

»Meine Tochter, wir reden darüber, wenn ich wieder vom

Krankenhaus zurück bin. Ich glaube eher, dass es doch klappt. Du kannst wahrscheinlich fahren.«

»Das wäre sehr nett von dir, Papa.«

»Dieses Wochenende habe ich frei und könnte mich selbst um meinen Sohn kümmern.«

»Wie kommst du vom Krankenhaus wieder nach Hause, Papa?«

»Mit dem Taxi. Da bin ich nicht so an die Zugzeiten gebunden. Es kann vielleicht spät werden, ich weiß es nicht.«

»Lass dir Zeit, ich komme mit meinem Bruder zurecht.«

»Ich weiß es zu schätzen, Tochter.«

Die Tochter aber hört die letzten Worte ihres Vaters nicht mehr. Sie ist bereits beim Packen der Tasche fürs Krankenhaus.

Josef läuft sofort ins Schlafzimmer. »Gisela, hast du noch Schmerzen?«, fragt er.

»Nein, Gott sei Dank, sie sind weg.«

»Die kommen wieder, Gisela. Drum ist es sinnvoll, dass du ins Krankenhaus gehst. Wahrscheinlich kommst du nicht um eine Operation herum. Ich fahre mit dir, du brauchst keine Angst zu haben.«

Ihr Blick streift ihren Mann liebevoll. Josef will gerade ihre Hand nehmen, da klingelt es an der Haustür. Er geht schnell zur Wohnungstür, Lotte ist schon dort.

Sie springt die Treppe hinunter, um die Tür zu öffnen. Sie ruft ihrem Vater zu: »Das sind die Sanitäter.«

»Bitte sie herein. Sag, dass Mutter nicht laufen kann. Sie sollen eine Sitztrage mitbringen.«

Lotte überbringt die Worte ihres Vaters dem an der Haustür stehenden Sanitäter.

Der blickt über die Schulter und ruft seinem Kollegen, der bereits auf dem Weg zum Haus ist, zu: »Bring bitte eine Sitztrage mit.«

Nun muss der Kollege noch einmal umkehren, um die Sitztrage zu holen.

Lotte wartet geduldig, bis alles beisammen ist, geht mit den beiden Sanitätern die Treppe nach oben und führt sie in das Schlafzimmer ihrer Eltern. Josef hat seiner Frau den Morgenmantel schon übergezogen. Sie sind bereit.

Als die beiden Männer beginnen, Gisela die Treppe hinabzutragen, schaut sie etwas ängstlich. Es schaukelt so. Doch die beiden sind sehr freundlich und zuvorkommend. Sie verspürt bald keine Ängste mehr und vertraut den beiden voll und ganz. Die Männer bringen sie gut behütet in den wartenden Krankenwagen.

Josef setzt sich zu ihr. Mit einem komischen Magenkribbeln im Bauch blickt Gisela ihren Mann an. Der drückt ganz fest ihre Hand und sagt: »Es wird alles gut werden. Ich bin da.«

Und so fährt man dem entgegen, was sein musste.

Nachdem der Krankenwagen aus Lottes Augen entschwunden ist, eilt sie zurück ins Haus. Mit vollem Arbeitseinsatz werkelt sie im Schlafzimmer ihrer Eltern. Es sollte schön aufgeräumt sein, wenn Vater zurückkam. Und sie selbst brauchte eine Ablenkung. Als sie das Federbett ihrer Mutter frisch bezieht, denkt sie an ihren Paule. ›Wo bleibt nur diese Woche meine Mecki-Karte? Hat er mich vergessen? Nein, das kann nicht sein.‹ Wie Schuppen fällt es ihr von den Augen: ›Papa hat vielleicht den Briefkasten noch nicht geleert? Es ist doch schon Donnerstag, da muss doch Post von meinem Paule gekommen sein.‹

Voller Sehnsucht eilt sie zum Schlüsselhaus, greift nach dem Briefkastenschlüssel. Sie saust schnell, wie von vielen Bienen verfolgt, die Treppe nach unten, läuft schnurstracks an den Briefkasten, steckt den Schlüssel hinein und dreht ihn um. Bevor sie das Türchen öffnet, hält sie die Luft an, macht ihre Augen kurz zu und öffnet sie wieder in voller Erwartung. ›Ah, was sehe ich, die ersehnte Karte ist da.‹ Sie drückt sie fest an das glücklich rasende Herz. ›Mein Paule, was schreibt er mir?‹ Sie will lesen, doch sie dreht die Karte noch einmal um. ›Moment, ich muss mir das Bild noch einmal genau anschauen. Eine liebe Mecki-

Frau mit Gießkanne und Vergissmeinnicht-Blümchen. Und was schreibt er? Ah, hm ..., hm ..., hm. Ja, er holt mich am Samstag um fünfzehn Uhr vom Miltenberger Bahnhof ab. Natürlich noch viele Küsse an mich. Mein Herz es springt, welch eine Freude.‹

Fahrradgeklingel dringt an ihre Ohren. In rasanter Fahrt kommt ihr Bruderherz auf ihrem schönen blauen Fahrrad daher und bleibt direkt vor ihren Füßen stehen. Er strahlt über das ganze Gesicht. »Dein Fahrrad fährt astrein, erste Sahne, spitzenmäßig.«

»Ist es auch noch ganz?«, fragt Lotte zögernd.

»Was denkst du denn von mir? Es hat keine einzige Schramme abbekommen. Ich bin sehr pfleglich mit deinem Fahrrad umgegangen, wie mit einem rohen Ei.«

»Das freut mich, Moritz. Komm, lass dich einfach mal drücken. So, und jetzt ab mit dem Fahrrad in den Holzschuppen. Dann kommst du zu mir, ich muss dir etwas erklären. Ich gehe in die Küche, um uns eine Brotzeit herzurichten. Bis gleich, Moritz.«

»Ja, ja doch!« Moritz stellt das Fahrrad seiner Schwester ordentlich ab, nimmt die kleine Tasche mit der Arznei für seine Mama vom Lenker und begibt sich sofort folgsam in die Küche.

»Ach, da bist du schon. Hat alles gut geklappt?«

»Ja, ich habe die Arznei für Mama.«

»Nun setz dich mal hin, auf den roten Stuhl.«

»Ist irgendetwas nicht in Ordnung?«

»Es wird wieder alles in Ordnung kommen. Aber siehst du, Mama ging es vorhin nicht gut. Drum ist unser Papa mit ihr nach Aschaffenburg ins Krankenhaus gefahren.«

Moritz schießt vom Stuhl hoch. »Was, dann bin ich ganz alleine?!« Er schluckt tapfer und kämpft mit den Tränen. Auf einmal fühlt er sich wieder wie ein ganz kleiner Junge.

»Du bist doch nicht alleine. Ich bin doch bei dir.«

»Ja, aber ...«

»Nichts ›Aber‹! Papa kommt am Abend auch wieder nach Hause. Nur Mama muss im Krankenhaus bleiben. Du weißt doch, dass sie so große Schmerzen hatte. Dort wird ihr geholfen. Unsere Mama soll doch gesund werden, damit sie wieder gut laufen kann und fröhlich ist. Das alles dauert nur ein paar Tage. Dann darf sie wieder nach Hause. Also sei ein guter Junge und folge deiner Schwester. Lass deinen Kopf nicht so hängen. Bestimmt ist die Mama bald wieder da. Ich lese dir auch am Abend noch eine schöne Geschichte vor, wie früher, als du noch klein warst. Ist dir das recht, Floh?«

»Ja, das wäre schön.«

»Dann räume bitte noch deinen Schulranzen für morgen richtig ein. Nach deinem Stundenplan, du weißt schon.«

»Darf ich jetzt noch nicht Abendbrot essen?«

»Nein noch nicht, erst nach dem Einräumen. Wenn du dich beeilst, kannst du deine Brotzeit früher haben.«

»Bin schon weg, komme gleich wieder.«

»Moritz, mach es richtig! Ich schaue nach.«

»Ja, ja«, brummelt er und rennt in sein Zimmer.

Lottes Blick fällt auf die kleine blaue Wäschewanne mit den Socken drin. ›Ach, diese Arbeit muss auch noch getan werden.‹ Sogleich beginnt sie, die einzelnen Socken paarweise einzurollen. ›Schau an, hier hat Papa ein großes Loch im Strumpf. Na, diese Socken brauch ich nicht mehr aufzuheben. Es hat keinen Sinn mehr, das Loch zu stopfen, es ist zu groß.‹

Moritz ruft aus seinem Zimmer: »Komm doch bitte mal!«

»Was gibt es?«

»Ich bin fertig.«

Sie steht gleich auf, um nachzusehen.

»Mein Schulranzen ist ordentlich gepackt.«

»Ja, auf den ersten Blick sieht es gut aus. Reich mir bitte deinen Stundenplan.« Lotte studiert ihn ganz genau. Sie hat keine Beanstandungen, es ist alles sorgfältig eingeräumt. »Da staun' ich aber. Komm, dein Abendbrot ist gerichtet.«

Floh hat ordentlich Kohldampf und macht sich über sein Brot her. Es bleibt kein einziges Krümelchen zurück. Als er satt ist, erinnert er sich an das Versprechen seiner Schwester.

»Und jetzt liest du mir bitte die versprochene Geschichte vor.«

»Einen kleinen Moment, ich hole das Buch. Komm, wir beide setzen uns hier in den großen Sessel.«

Floh schmiegt sich voller Erwartung an seine große Schwester.

»Welche Geschichte möchtest du denn hören?«

»Lass mich schauen, ich suche sie mir alleine aus.« Floh blättert. »Die nicht, ... die nicht, ... die nicht.«

»Na, ist das so schwer? Findest du nichts?«

»Dieses dicke Buch von Wilhelm Busch ist ganz schön unhandlich für mich. Ich suche die Geschichte mit ›Ritzeratze‹.«

Lotte überlegt. »Ach, du meinst Max und Moritz.« Sie schlägt die Seite auf, hält das Buch so, dass er hineinschauen und die Bilder betrachten kann, und beginnt zu lesen. Moritz muss ab und zu kräftig lachen. Als die Geschichte endet, meint er: »Das waren aber freche Lausbuben.«

»Und unser Lausbub sucht ab sofort das Bad auf. Es gibt keine Widerrede.«

Folgsam marschiert er ab.

Seine Schwester ruft ihm noch zu: »Nicht vergessen: Zähne putzen!«

Floh sputet sich. Gähnend begibt er sich in sein kuscheliges Bett. Sein großes Stoffkrokodil liegt unten am Fußende, es soll ihn beschützen. Aber der kleine mollige Bär mit dem dicken Bauch und der blauen Stoffhose darf in seinen Armen mit ihm einschlafen. Moritz überlegt: ›Hoffentlich kommt Papa bald nach Hause‹. Da geht die Tür auf und Papa streckt seinen Kopf herein.

»Hallo Papa, komm her. Wie geht es Mama?«

»Alles wird gut, Moritz. Vielleicht sechs oder sieben Tage, dann ist deine Mama wieder da. Eine Frage, Moritz: Hast du schon zum lieben Gott gebetet?«

Moritz schüttelt kräftig den Kopf.

»Macht nichts, mein Sohn, dann tun wir es jetzt gemeinsam und beten ganz besonders für die liebe Mama. Sie hat morgen einen anstrengenden Tag vor sich. Bitten wir den lieben Gott, dass er sie segnet.«

Moritz faltet seine Hände und gemeinsam wird das Abendgebet gesprochen. Von Papa gibt es noch ein Küsschen, dann knipst er das Licht aus und wünscht seinem Sohn eine gute Nacht. Der fällt sofort in einen tiefen Schlaf und träumt dem Morgen entgegen.

Vater Josef will sofort mit seiner Tochter sprechen. In aufrechtem Gang begibt er sich in die Küche. »Mein liebes Mädchen, ich muss dich loben.«

»Papa, das ist ja was ganz Neues.«

»Doch, doch, du hast unseren Moritz gut versorgt, wie ich festgestellt habe. Du darfst am Samstag zu deinem Paule fahren.«

»Das ist schön, Papa. Damit machst du mir eine riesengroße Freude.«

»Vorausgesetzt, du backst uns morgen einen Kuchen. Sonst lassen wir dich nicht wegfahren.«

»Das tu ich liebend gerne für dich und Floh.« Danach wird Lotte sehr ernst. Sie fragt: »Und Mama, wie geht es ihr?«

»Deine Mutter ist sofort geröntgt worden. Es ist ein Gallenstein, so groß wie eine Muskatnuss. Sie wird gleich am frühen Morgen operiert.«

»Sollte ich vielleicht doch lieber zu Hause bleiben, Papa?«, spricht Lotte gedämpft.

»Meine Tochter, mach dir bitte keine Sorgen. Morgen bleibe ich den ganzen Tag bei meiner lieben Frau. Samstag wird es ihr bestimmt schon viel besser gehen. Also nehme ich meinen Sohn mit ins Krankenhaus. Da freut sich deine Mutter und es bewirkt eine schnellere Genesung.«

»Darf er überhaupt mit ins Zimmer?«

»Da lässt sich schon was machen. Sie ist ja privat versichert, da habe ich keinerlei Bedenken. Ich bezahle ja auch dafür.«

»Meinst du, ich kann mit einem ruhigen Gewissen zu Paule fahren?«

»Absolut, meine Tochter. Gönn dir mit Paule ein schönes Wochenende.«

»Ich danke dir, Papa.«

»Meine Tochter, hast du für deinen Vater noch was Essbares da?«

»Klar! Ich richte dir eins zwei drei eine gute Brotzeit.«

Die Brote waren schnell verzehrt. Es mundete gut. Jetzt nimmt sich Josef die Tageszeitung zur Hand: Er will vor dem Zubettgehen einen ruhigen Abend genießen.

Tochter Lotte stellt noch die Zutaten für den morgigen Kuchen bereit. Danach geht sie schlafen.

19

Am Freitagmorgen wird Lotte unsanft geweckt. Ein lautes »Rrrrrrrrrrrrrrr!« reißt sie aus dem Schlaf.

›Oh ja, der Wecker. Diese Nervensäge. Er ist mir ein unliebsamer Geselle. Besonders, wenn er um sechs Uhr morgens klingelt. Aber es ist halt so. Die Pflicht ruft.‹

Lotte streckt sich und reckt sich. Ein paar Kniebeugen und sie ist topfit. Gleich unter die Dusche, das weckt die Lebensgeister.

›Hm, wie sehen nur meine Haare aus? Ich glaube, ein Friseurtermin ist heute noch nötig. Ich möchte doch Paule gefallen, und seinen Eltern auch.‹

Als sie das Bad verlässt, hört sie, wie in der Küche gesprochen wird. ›Ich glaub es nicht. Papa und Moritz sind beim Frühstücken.‹ Leise drückt sie die Küchentür auf.

»Guten Morgen!«, rufen die beiden im Chor.

»Auch schon ausgeschlafen, meine Tochter?«

»Ja, ja«, antwortet Lotte, »ich war bereits im Bad.«

»Komm, setz dich zu uns. Ich gieße dir gleich heißen Kaffee in deine Tasse.«

»Danke, Papa. Habt ihr beide gut geschlafen?«

»Doch, ja.«

Floh nickt mit dem Kopf. »Ich muss heute in der Schule einen Aufsatz schreiben«, erzählt er seiner Schwester.

»Über was?«, fragt Lotte.

»Die Überschrift lautet: ›Das fröhliche Bächlein‹. Wir sollen uns Gedanken machen, meint Frau Putzmann, die Lehrerin, damit es wirklich ein Aufsatz wird.«

»Meinst du, dir fällt was ein?«

»Ich habe mir schon Gedanken darüber gemacht und bin mir sicher, dass der Aufsatz gut wird.«

Gemeinsamer Gesang: »Wir drücken dir die Daumen.«

Moritz verlässt als Erster den Frühstückstisch. »Meine Schulfreunde kommen gleich. Ich muss mich sputen.« Und er saust mit vollem Mund zur Küchentür hinaus.

»Für mich wird es auch bald Zeit, Papa. Richte bitte Mama eine gute Besserung von uns aus.«

»Natürlich tu ich das, meine Tochter.«

Es klingelt. Lotte öffnet. Hedis Mutter steht vor der Tür.

»Hallo Lotte! Meine Tochter lässt dir ausrichten, du sollst heute Vormittag zur Firma Zankel kommen. Der Seniorchef erwartet dich um zehn Uhr.«

»Das geht aber schnell. Ja gut, dann kommt gleich mein Fahrrad zum Einsatz. Vielen Dank und Grüße an Hedi.«

Lottes Vater hatte die Unterhaltung gehört. Fragend sieht er Lotte an.

»Ich kann es dir erklären, Papa. Weißt du, ich habe mir so meine Gedanken gemacht und bin zu dem Entschluss gekommen, keine Lehrstelle mehr anzunehmen. Ich möchte Geld verdienen, so wie Hedi.«

»Meinst du denn, dir wird das Nähen gefallen? Immer dasselbe tun?«

»Das glaube ich schon, zumindest will ich es ausprobieren. Hedis Chef erwartet mich heute um zehn Uhr in Damm. Ich lass mich einstellen. Die Arbeitszeit gefällt mir gut. Freitags ist um zwölf Uhr mittags Schluss. Und bei Mama weiß man auch nicht, wie es weitergeht.«

»Na schön, meinen Segen hast du. Zurzeit ist es bestimmt die bessere Lösung. Warte bitte noch vierzehn Tage ab, bis Mutter wieder auf den Beinen ist.«

»Das ist für mich so in Ordnung, Papa. Heute Abend erzähle ich dir, wie es gelaufen ist.«

»Lotte, bei mir eilt es jetzt. Mein Zug wartet nicht. Bis heute Abend.«

Lotte bleibt alleine zurück und sinnt über alles nach. Ein Gedanke schießt ihr durch den Kopf. Ich werde persönlich ins Schuhhaus Tack gehen und absagen. Sie schaut auf ihre Armbanduhr. Na, es ist noch genügend Zeit, werde mir sofort die Hausarbeit vornehmen. Den Kuchen backe ich nach meinem

Besuch in der Schneiderei. Das mit dem Friseur erledige ich am späten Nachmittag. Floh kann gleich mitkommen und seine Haare auch schneiden lassen, so habe ich zwei Fliegen mit einer Klappe erwischt. Lotte putzte und spülte ... die Hausarbeit war fertig, bis auf das Staubsaugen, aber das muss sie verschieben. Es ist Zeit, sich aufs Fahrrad zu setzen und loszustrampeln. Immerhin muss sie fünfundzwanzig Minuten einplanen. Sie geht zum Kleiderständer, greift nach der Windjacke und zieht sie gleich an. ›Auf dem Fahrrad pfeift einem der Wind meistens um die Ohren. Also noch ein Kopftuch umgebunden. Fertig, es kann losgehen.‹ Sie läuft zum Schuppen, um ihr Fahrrad zu holen. ›Schau‹, denkt sie, ›Moritz hat mein Fahrrad gut abgestellt. Jetzt wird es sich zeigen, wie flott es fährt. Noch das Gartenhäuschen abschließen und in die Pedale steigen, es geht los.‹

Ihr Weg führt am Goldbacher Kreuz vorbei, durch die Österreicher Kolonie, rechts durch die Unterführung, dann links nach Damm. Lotte ist erstaunt, es klappt wunderbar. Ihr Fahrrad läuft wie geschmiert. Sie ist gut angekommen und steht nun vor dem Haus der Schneiderei. Nun muss sie sich ein Herz fassen und läuten. Es ist genau fünf Minuten vor der Zeit.

Die Tür geht auf und der Seniorchef, Herr Zankel, steht vor ihr. »Kommen Sie doch herein, mein Fräulein. Hier bitte links in mein Büro. Frau Hedi hat mir bereits von Ihnen erzählt. Jetzt dürfen Sie mir was erzählen.«

Lotte präsentiert ihre Wünsche und sagt, dass sie arbeiten und Geld verdienen möchte.

Herr Zankel hörte sehr aufmerksam zu. Als Lotte alles erzählt hatte, entstand eine kleine Pause.

Der Seniorchef steht auf und sagt zu ihr: »Punkt sieben Uhr dreißig fängt die Arbeitszeit an.« Er erklärt ihr, wann die Mittagszeit ist und wie lange gearbeitet wird. Am Anfang soll sie für die Arbeiter die Vesper besorgen. Auf einem Zettel müsse sie aufschreiben, was jeder möchte und das Geld dafür einsammeln. Eine Mitarbeiterin solle sie am ersten Tag dabei unterstützen. Es würde bestimmt nicht so schlimm werden, wie es jetzt aussehe.

»So, Fräuleinchen, jetzt liegt es bei Ihnen. Angelernt werden Sie zum Nähen per Hand. Der Lohn beträgt am Anfang fünfzehn Mark, nach vier Wochen zwanzig Mark.«

Lotte ist begeistert. Sie sagt sofort zu.

»Dann sehen wir uns in drei Wochen pünktlich zur Arbeitszeit.«

Lotte dankt und verabschiedet sich höflich.

Frohen Mutes strampelt sie nach Hause. Daheim angekommen setzt sie sich auf den Holzhocker im Bad. Sie will noch einmal alles gedanklich durchgehen. Sie kommt zu dem Schluss: ›Doch, es ist für mich okay.‹ Dabei nickt sie sich selbst zu. ›Es freut mich, dass ich Arbeit habe und dass es im Geldbeutel klingelt.‹ Sie ist mit sich zufrieden. Da fällt ihr ein: ›Hu, meinen Kuchen muss ich backen.‹ und sie stürmt in die Küche und legt los.

Sie ist gerade dabei, die Form mit dem Marmorkuchenteig in den Elektroherd zu schieben, da surrt die Klingel. Ihr kleiner Bruder steht vor der Tür.

»Na, du schon? Mit dir hatte ich noch nicht gerechnet. Ist die Schule heute früher aus?«

»Ja, unsere Lehrerin, Frau Putzmann, musste in der letzten Stunde zu einem Termin. Deshalb bin ich schon da.«

»Fein, dann kannst du gleich mit deinen Schularbeiten anfangen.«

»Ja, aber ich habe so einen Durst. Kannst du mir bitte was geben?«

»Komm, Moritz, setzt dich zu mir in die Küche. Bei deinen Schularbeiten bist du besser unter Kontrolle. Hier, bitte, da hast du ein Glas Saft.«

»Oh, danke.«

»Übrigens, wie ist es mit deinem Aufsatz geworden?«

»Glaube, der ist gut geworden. Beim Drüberschauen meinte unsere Lehrerin zu mir: ›Da hast du einen guten Faden gesponnen, Moritz. Schreib so weiter, dann wird es ein spannender Aufsatz.‹ Am Montag bekommen wir unsere Arbeit wieder ausgeteilt.«

»Hoffentlich mit einer guten Note. Vielleicht wird es eine Zwei, oder, wenn du Glück hast, sogar eine Eins.«

»Ich wünsche es mir sehr, meine Schwester.«

»Dann wird es sich auch erfüllen.«

Beide lachen herzhaft.

»Hm, der Kuchen riecht aber gut. Da bekomme ich richtig Hunger.«

»Nein, nein, der Marmorkuchen ist für Samstag und Sonntag gedacht.«

Lotte nimmt den Kuchen und rüttelt ihn behutsam aus der Form. Floh bekommt große Augen und das Wasser im Munde läuft ihm schon zusammen.

»Du könntest ihn jetzt noch gar nicht essen. Er ist viel zu heiß. Freu dich auf morgen, da bekommt er noch einen Schokoladenüberzug.«

»Oh, dann schmeckt er noch besser.«

»Ja. Du darfst jetzt gleich was essen, nämlich Spinat, Kartoffeln und gebackene Eier.«

»So was, na ja, aber das reißt mich nicht gerade vom Hocker. Doch ich habe Hunger und deshalb esse ich auch Spinat.«

»So ist es recht, Moritz. Sag, was hast du denn an Hausaufgaben auf?«

»Ach, wir sollen einen Apfelbaum malen. Und zwei Abschnitte Rechenaufgaben haben wir auch auf.«

»Dann schau, dass du bald fertig wirst. Wir beide gehen nämlich nachher zum Friseur.«

»Das will ich aber nicht!«

»Mag sein, aber deine Haare brauchen einen Schnitt. Du willst doch bestimmt am Samstag und Sonntag Mama besuchen.«

»Ja, darf ich?«

»Wenn du folgst, nimmt Papa dich mit.«

»Hat er das selbst schon gesagt?«

»Ja, das hat er!

»Da freue ich mich aber. Ich darf Mama besuchen. Gehst du mit, meine Schwester?«

»Nein, ich gehe gleich am Montag zu ihr. Du weißt doch, ich fahre zu Paule.«

»Stimmt ja, zu dem großen Mann.«

»Und zu seiner Familie«, ergänzt Lotte.

»Du magst ihn sehr, nicht wahr?«

»Felsenfest, Floh.«

»Ich mag ihn auch.«

»Das freut mich, mein Brüderlein. So hole doch bitte die Teller, es gibt Essen.«

Lotte teilt die Portionen gerecht auf und gibt sie auf die beiden Teller. Floh nimmt sofort seine Gabel und will loslegen.

Da stoppt ihn seine Schwester energisch. »Du hast was vergessen!«

»Meine Hände habe ich schon gewaschen ...« Er denkt darüber nach, was sie sonst noch meinen könnte. Da fällt es ihm ein. »Oh, ja!«

»Also, dann hol es nach!«

Floh setzt sich ordentlich an den Tisch. Jetzt ist er ganz bei der Sache. »Lieber Gott, danke, dass du uns den Tisch deckst, Früchte wachsen und die frische Quelle sprudeln lässt. Segne den Mittagstisch für meine liebe Mama, den Papa, meine Schwester und mich.«

Kaum hat er die letzten Worte gesprochen, nimmt er seine Gabel und isst den ganzen Teller putzblank leer.

Lotte schmunzelt über ihren Bruder.

Nach dem Essen arbeitete Floh sich fleißig durch seine Rechenaufgaben. Die konnte er wirklich gut. Kein einziger Fehler. Seine Schwester war sehr zufrieden. Aber jetzt, dieser Baum ... das war nicht so einfach. Dieser Stamm und die verzweigten Äste. Lotte war am Verzweifeln. Immer wieder musste sie helfen. Dann war er doch noch gut gelungen, vorgezeichnet mit dem Bleistift, aber noch nicht ausgemalt.

»Moritz, du musst abbrechen, wir müssen los. Du weißt, der Friseur.«

»Ja, es ist auch nicht so schlimm. Nachher zeichne ich mit

meinen Buntstiften das Vorgemalte einfach nach. Auf die Äpfel freue ich mich besonders. Die werde ich schön rot und gelb anmalen.«

»Geh schon mal runter und ziehe deine Schuhe an.«

»Das mach ich sofort.«

»Denk an die Jacke!«

»Es ist doch heute schön warm.«

»Trotzdem. Wenn wir vom Friseur zurückgehen, brauchst du eine Jacke.«

»Dann nehme ich mir die Trachtenjacke mit, die mir Mama gestrickt hat. Ich binde sie mir um meinen Bauch.«

»Meinetwegen. So hast du sie wenigstens dabei.«

Moritz hüpft Stufe für Stufe die Treppe nach unten. Es macht ihm Spaß. Er zieht die Schuhe an und geht vor die Tür. ›Ja, hier steht doch der Apfelbaum von Opa. Wenn ich ihn mir so anschaue, sieht es aus, als wäre er einfach zu malen. Ist aber leider nicht so, wie ich bemerkt habe. Nun, meine Schwester hat mir geholfen, habe jetzt einen schönen Baum auf meinem Malblock.‹

Lotte kommt hinzu und schließt gewissenhaft die Haustür ab. Gemeinsam geht es zum Friseur. Unterwegs treffen sie auf bekannte Gesichter. Aber heute hat Lotte für einen Schwatz keine Zeit. Moritz läuft ein Stück voraus. Er weiß, wo er hin muss. Ans Ende der oberen Straße, zum letzten Haus. Da wohnt der Friseur Schnapp. Floh stellt sich vor das Geschäft und wartet brav auf seine Schwester Lotte. Die Langeweile scheint ihn zu plagen. Deshalb schaut er sich um.

›Oha, der Friseur heißt Schnapp!‹, denkt sich Floh. ›Verstehe! Schnipp, schnapp, passt haarscharf.‹

Lotte hat ihn eingeholt. »Komm, mein Lieber, jetzt musst du Federn lassen.«

»Du aber auch!«, wehrt sich Floh.

Unter herzhaftem Gelächter treten die beiden ein.

»Hallo!«, werden sie von Frau Schnapp begrüßt. »Die ganze Familie Müller«, scherzt sie.

»Aber nur fast«, sagt Lotte.

»Ja, es ist uns zu Ohren gekommen. Wie geht es deiner Mutter?«

»Ich muss abwarten, bis Papa am Abend zurückkehrt.«

»Auf jeden Fall wünschen alle hier deiner Mutter eine gute Genesung.«

»Danke«, erwidert Lotte.

»Dein Bruder kann zu meinem Mann. Der schneidet ihm die Haare sehr gerne. Und du, meine Liebe, nimmst bitte hier Platz.«

Moritz wird ein hoher Stuhl zugewiesen. ›Perfekt‹, denkt er, ›der Sitz gefällt mir‹. Obendrein bekommt er vom Friseurmeister Schnapp einen prachtvollen Lolli geschenkt, den dieser aus seiner Schublade gezaubert hatte. Moritz gefällt das Ganze zusehends besser und so lässt er es zu, dass Herr Schnapp an seinen Haaren schnippelt. Nebenbei werden zwei Themen behandelt: Schule und Fahrrad.

Lottes Haare werden gewaschen und eingerollt. Nun muss sie unter die Haube. Nach circa zwanzig Minuten ist es geschafft. Die Haube wird ihr wieder abgenommen und ihre Lieblingsfriseurin Isabell darf die Locken auskämmen. Dabei unterhalten sie sich über ganz belanglose Sachen. Aber doch über das, was junge Leute interessiert.

Ihr Bruder ist bereits fertig und spielt unterdessen mit der dicken Katze Schnurri. Die liegt auf dem Rücken und streckt alle viere nach oben. Floh ärgert sie mit dem Taschentuch. Er kitzelt sie immer wieder an der Nase und zieht dann das Tuch wieder so geschickt zurück, dass die Katze es mit ihren Krallen nicht erreichen kann.

Isabell fragt Lotte: »Darf es noch etwas Haarspray sein?«

»Selbstverständlich. Die Frisur muss auch morgen noch tadellos sitzen.«

»Hast du was vor?«

»Hm,«, schmunzelt Lotte, »ich fahre nach Amorbach zu meinem Freund.«

»Ah ja! Ist es was Ernstes, Lotte?«

»Ja, das kann man sagen.«

»Schön für dich«, sagt Isabell. Sie greift nach dem Spiegel. »Schau, gefällt es dir?«

»Super! Ich bin beglückt«, meint Lotte, zieht ihren Geldbeutel aus der Tasche und geht zur Kasse. »Wo ist mein Bruder?«

»Hier!«

»Wo ›Hier‹?«

Moritz steht auf und läuft auf seine Schwester zu.

»Lass dich anschauen, Moritz. Ein richtiges Lausbubengesicht«, schmeichelt Lotte.

»Und du, meine Schwester, hast ein kringeliges Lockenköpfchen.«

»Nun, dann treten wir zufrieden den Heimweg an.«

Lotte zahlt und ihr Bruder darf das grüne Schweinchen füttern, das auf der Theke steht.

»Bis zum nächsten Mal«, ruft Frau Schnapp.

»Moritz, wir können nicht direkt nach Hause. Ich muss unterwegs noch frisches Obst und Gemüse einkaufen.«

»Toll, darf ich dann einen Mohrenkopf haben?

»Das genehmige ich dir gerne. Ich will auch einen.«

»Isst du ihn auch so gerne?«

»Aber ja, ich bin ab und zu auch eine Naschkatze.«

»Komm, dann laufe etwas schneller, du lahme Ente.«

»Warte! So nicht! Wie sprichst du denn mit deiner großen Schwester?«

»Aber das habe ich nicht böse gemeint. Nur der Mohrenkopf lockt.«

»Also gut, lahmer Enterich.«

Moritz muss laut lachen, sodass sein Bauch sich kräftig hin und her bewegt. Nach fünfzig Metern war der gewünschte Obst- und Gemüseladen Giegerich erreicht. Lotte gibt ihre Tasche an den Bruder ab, damit sie gezielt und mit freien Händen einkaufen kann.

»Moritz, bring mir bitte das Einkaufskörbchen. Es wird doch etwas mehr.«

Moritz eilt los, holt es und gibt es seiner Schwester. »Was hast du denn alles eingekauft?«

»Schau her! Rettich, Bohnen und Eier. Leg bitte die Eier vorsichtig ins Körbchen.«

»Ja, das mach ich. Bist du jetzt fertig?«

»Nein, noch nicht.«

»Was fehlt denn noch?«

»Eine gute Flasche Vitaminsaft für Mama. Die darfst du Mama morgen mitbringen. Da wird sie sich bestimmt freuen.«

»Und du? Freust du dich auch auf morgen?«

»Ich freue mich ganz fest. Nimm bitte den Geldbeutel zur Hand. Du darfst heute bezahlen. Aber pass gut auf.«

»Das mache ich. Wo bleibt eigentlich mein versprochener Mohrenkopf? Ich habe noch keinen.«

»Das hast du gar nicht mitbekommen. Hier, schau, eine ganze Schachtel leckere Mohrenköpfe.«

»Prima!«

Der Obstverkäufer, Herr Giegerich, fordert Moritz zum Bezahlen auf, denn der hält ja die Geldbörse in der Hand.

»Was kostet es?«, fragt Moritz.

»Fünf Mark und fünfzig Pfennige.«

»Hm, meine Schwester hat so viel Kleingeld hier. Moment, ich hole es einzeln heraus. Drei Einmarkstücke und fünf Stück á fünfzig Pfennige.«

»Ordentlich hast du es abgezählt. Es stimmt perfekt. So etwas muss ich belohnen. Schau, Moritz, ein Überraschungstütchen.«

»Oh, danke, Herr Giegerich.«

»Heute ist sein Glückstag. So viele Belohnungen«, meint seine Schwester.

»Aber das Tütchen mache ich erst zu Hause auf.«

»Auf Wiedersehen, ihr beide.«

»Wiedersehen macht Freude«, ruft Moritz.

Lotte huscht ein Lächeln übers Gesicht. Sie wendet sich an ihren Bruder »Hier hast du deinen versprochenen Mohrenkopf.«

»Und du?«

»Ich esse ihn mit Genuss zu Hause.«

Moritz beißt herzhaft hinein. Lecker schmeckt es, ganz frisch. Dabei bemüht er sich mit aller Kraft, die Tasche zu tragen.

Lotte fordert ihren Bruder auf, sich etwas zu beeilen. Die Zeit läuft ihr davon. Außerdem muss der Baum noch fertig gemalt werden. Auch sie selbst hat noch eine Menge Arbeiten zu erledigen.

Daheim läuft dann alles nach ihrem Wunsch. Moritz sitzt beim Malen. Für den Abendbrottisch hat Lotte zwei Sorten Salat angerichtet. Es steht alles bereit. Bis es so weit ist, hängt sie die Garderobe für den nächsten Tag auf den Ständer. Das neue Pepita-Trägerkleid und eine weiße Bluse mit langen Ärmeln. Dazu die Perlmutt-Manschettenknöpfe. Jetzt fehlen nur noch die Schuhe. ›Ja, die eierfarbenen Stöckelschuhe, die sehen an meinen Füßen ganz raffiniert aus.‹ Doch Lotte stockt. ›Nein, diese nicht. Ich habe doch bereits Lehrgeld bezahlt. Nein, morgen kommen nur meine Landläufer zum Einsatz. Die Tasche noch und eine Jacke.‹ Da fällt ihr ein: ›Ich übernachte ja. Hm, da brauche ich noch einen Schlafanzug, Zahnbürste und Waschlappen. Ein Handtuch bekomme ich von der Familie Stock.‹ Sie ist noch dabei die Kleider zu richten, da kommt Papa zu ihr ins Zimmer.

»Hallo, meine Tochter, hier steckst du.«

»Du bist ja schon da.«

»Na, es war doch ein langer Tag. Schau mal auf die Uhr.«

»Ach, ich vergaß ganz die Zeit. Für Moritz wird es langsam Zeit, ins Bett zu gehen. Erzähl Papa, was ist mit Mama?

»Alles gut gelaufen. Die Operation hat über zwei volle Stunden gedauert. Am Nachmittag durfte sie schon kleine Schlückchen Tee trinken und am Abend wurde ihr eine leichte Suppe gebracht. Es geht ihr gut. Viele Grüße an euch.«

»Da bin ich froh. Jetzt wird bestimmt alles gut.«

Da ertönt Flohs Stimme. »Das denke ich auch.«

»Hört, hört, du hast dich hier eingeschlichen, so einer bist du.«

Papa Josef nimmt seinen Sohn fest in die Arme. »Morgen darfst du mit zu Mama. Du Lauser. Ein richtiges Lausbubengesicht hast du heute.«

»Das hat meine Schwester auch zu mir gesagt.«

»Stimmt ja, ihr beide kommt vom Friseur. Meine Tochter, gut sieht dein Köpfchen aus. Ich habe so einen Hunger, gibt es was?«

»Aber Papa, es steht bereits auf dem Tisch.«

»Ich wusste es, meine Tochter kann gut für die Familie sorgen.«

»Erst darf ich euch noch meinen schön gemalten Baum zeigen.«

»Selbstverständlich, Floh«, versichert sein Vater.

Floh dreht sofort ab und holt sein gemaltes Blatt. Vater und Schwester lobten es.

»Das ist ein sehr schön gemalter Baum.«

»Dieses Bild bringt dir bestimmt eine gute Note ein.«

Gemeinsam geht es zu Tisch. Lotte erzählt ihrem Vater, wie es ihr heute bei der Firma Zankel ergangen ist. »Der Seniorchef, Herr Zankel ist ein freundlicher, sehr aufgeschlossener älterer Herr. Ich habe die Arbeitsstelle, Papa! In drei Wochen fange ich an.«

Vater Josef streckt seinen Kopf etwas höher. »Das war sehr schneidig von dir. Ich bin stolz auf dich, meine Tochter.«

Danach wurde der Tag zufrieden beendet. Man ging zu Bett.

Die Sehnsucht treibt Lotte am Samstag früh aus ihrem Bett. Es ist noch still im Haus. ›Anscheinend schlafen die beiden noch tief. Ich will auch nicht laut sein.‹ Ihren Trainingsanzug übergezogen verlässt Lotte leise das Haus, nimmt ihr Fahrrad aus dem Holzschuppen und strampelt zur Fasanerie. Dort im Wald stellt sie ihr Fahrrad in der Nähe von einem Denkmal ab. An diesem Ort hatten sich einst zwei Männer mit Säbeln duelliert. ›Es schaudert mich, wenn ich mir vorstelle, wie das damals zugegangen ist. Leider endet so etwas meistens tödlich. Aber mein Fahrrad kann hier stehen bleiben. Ich schließe es noch ab, dann geht es los.‹ Eine ganze Stunde läuft sie im Dauerlauf durch die Fasanerie. Sie läuft um den See herum. Die Enten haben bereits ausgeschlafen und schnattern ihr lautstark zu. Die Morgenfrische und der kühle Wind blasen sie letztendlich wieder zurück ins warme Haus.

Dort duftet es nach frischen Brötchen. Ihr Vater ist schon in der Küche. Er hat ein geschmackvolles abwechslungsreiches Frühstück auf den Tisch gezaubert. Lotte lässt sich sofort einladen. Es kam zur rechten Zeit.

»Du bist schon aktiv gewesen?«, fragt der Vater.

»Ja, heute war es herrlich beim Laufen. Ich bin von den Enten begrüßt worden, ein Reh huschte über die feuchte Wiese und die Spinnennetze zeigten sich vom Tau angehaucht. Diese Einstimmung gibt mir im ganzen Körper Kraft für meinen Tag.«

»Und gute Laune bringt es, es ist gut für deine Harmonie«, ergänzt Papa lächelnd. »Wann geht es los nach Amorbach?«

»Papa, ich frühstücke gemütlich, dann räume ich noch etwas auf. Ich plane noch genügend Zeit für mich ein, denn ich will doch für Paule hübsch aussehen.«

»Das rate ich dir auch.«

»Mein Zug fährt um zwölf Uhr dreißig ab, so komme ich gut klar. Im Aschaffenburger Bahnhof laufe ich kurz zum kleinen Blumenhäuschen. Dort besorge ich einen schönen Strauß für Paules Mutter.«

»Natürlich, das musst du tun. Übrigens, überbring bitte herzliche Grüße von uns.«

»Das richte ich gerne aus, Papa.«

»Moritz und ich fahren gleich nach dem Frühstück los. Wir essen in der Eisenbahnkantine zu Mittag, direkt am Rangierbahnhof von Aschaffenburg. Dort möchte ich Moritz Verschiedenes zeigen, damit er weiß, was sein Papa so arbeitet. Zum Beispiel den Lok-Schuppen und die Drehscheibe, den Ort, wo die Loks gewartet werden, abgeschmiert, mit Wasser gefüllt und mit Kohle.«

»Oh, das ist doch was für Floh.«

»Die Gelegenheit dazu bietet sich heute gut an. Nach dem Mittagstisch besuchen wir dann Mama.«

»Sag ihr bitte eine gute Besserung von mir. Ich schaue am Montag zu ihr herein.«

»Ich werde es liebevoll ausrichten, meine Tochter.«

»Wo bleibt eigentlich Floh?«

Im selben Moment geht die Küchentür auf. Ein noch etwas verschlafenes »Guten Morgen« kommt aus Moritz' Mund.

Seine Schwester fragt sofort: »Hast du die Hände gewaschen und dein Gesicht?«

»Habe ich.«

»Stell dir vor, du darfst mit Papa zum Rangierbahnhof und vielleicht sogar auf einer großen Lok fahren.«

»Stimmt das, Papa?«

»Ja, wenn es deine Schwester sagt.«

»Wir können gleich los, Papa.«

»Nun mach langsam. Erst Frühstücken, ein leerer Magen kann sonst nicht denken. Anziehen! Mit deinem gelben Schlafanzug kann ich dich doch nicht mit zu meinen Eisenbähnlern nehmen. Danach geht es zum Zug.«

»Kann ich ein Brötchen haben, Papa?«

»Das kannst du haben.«

»Bitte mit Wurst und Käse drauf.«

»Bitte schön, lass es dir schmecken.«

»Ich freue mich riesig, Papa. Aber zur Mama gehen wir auch!?«

»Gleich nach dem Mittagstisch, von der Kantine aus.«

Moritz beeilt sich. Das Brötchen ist schnell verspeist. Jetzt wird er zappelig.

»Lotte, meine flotte Schwester, was soll ich anziehen?«

Sie muss herzhaft lachen. »Was ist denn in dich gefahren?«

»Ich muss mich beeilen, das kannst du doch verstehen.«

»Lauf in dein Zimmer, da liegt alles bereit.«

»Danke, danke.« Und Moritz saust davon. ›Hier liegt ja alles. Wunderbar. Strümpfe, Unterhose und so weiter.‹ Flugs ist er angezogen, steht zum Abmarsch bereit. Sein Vater muss über Moritz staunen. »Du bist schon fertig?«

»Ja.«

»Ach, wenn du was willst, dann geht es flott, wie ich sehe.«

Beide ziehen ihre Anoraks an und verabschieden sich von Lotte. Im Einklang läuft man zum Goldbacher Bahnhof vor. Vater und Sohn haben für diesen Tag genügend Gesprächsstoff.

Nun war das Haus fast verlassen. Lotte räumt noch die letzten Sachen auf, denkt dabei: ›Jetzt kommt meine eigene Zeit, die für mein Bedürfnis, mich schön zu machen für Paule.‹ Dabei läuft sie singend durch die Wohnung direkt ins Bad. Geduscht und angezogen ist sie bereits. Lotte schaut auf ihre Hände. ›Ach, etwas Nagellack wäre nicht verkehrt und ganz zum Schluss einen dezenten Lippenstift. Auffallen möchte ich nicht. Es soll nur leicht betont sein, nur so viel, dass es frisch und fröhlich wirkt.‹ Dabei stößt sie mit dem Arm unvorsichtigerweise gegen ihr Lieblingsparfüm. ›O, là là, beinahe wäre die Flasche zu Boden gefallen. Das wertvolle Geschenk von Mama kommt mir aber gerade recht. Mit etwas von diesem Inhalt betupfe ich mir sogleich meine Ohrläppchen. Hm, dieser leichte Pfirsichduft, köstlich! Nun, ich bin mit mir zufrieden. Hoppla, meine Reisetasche brauche ich noch, die mittelgroße genügt. Für eine Übernachtung reicht sie vollkommen aus. Die gestern beiseitegelegten Sachen müssen hinein. Ich nehme keine zusätzliche Tasche mit, diese tut es. Meinen Geldbeutel kann ich in die Außentasche stecken, sie hat einen Reißverschluss. Aber die Hausschuhe müssen unbedingt noch mit.‹ Gesagt getan, nun muss sie zum Zug. ›Das Haus habe ich gewissenhaft abgeschlossen‹, denkt sie sich. ›Ich bin gespannt, was Paule sagt, wenn er mich vom Miltenberger Bahnhof abholt.‹ Mit diesem Gedanken im Kopf läuft Lotte in froher Erwartung zum Zug.

20

Paul Ferdinand hat heute etwas länger geschlafen, sodass er erst knapp vor dem Mittagstisch erscheint. Die Woche war sehr anstrengend für ihn gewesen. Doch er hatte alles nach seinen Wünschen erreicht und war in vollster Zufriedenheit. Sein Mittagstisch war schnell beendet. Es eilte bereits, denn immerhin brauchte er doch etwas Zeit für die Strecke zum Miltenberger Bahnhof. Pünktlich will er sein, das geliebte Lottchen auf keinen Fall warten lassen. Bis zur Garage muss er noch zehn Minuten Fußmarsch einplanen. Die Garage befindet sich in einem stillgelegten Sägewerk. Und so läuft er los. Seine Schritte sind groß und schnell. Besonders wenn es eilte, kam es schon einmal vor, dass er so manch einem davonlief. ›Ja, heute klappt es noch mit dem Abholen von Lotte. Und dann liegt eine lange gemeinsame Zeit vor uns. Sie muss mit dem Zug bis nach Amorbach fahren. Eben noch einmal umsteigen. Ich bin in der Schule samstags und kann sie nicht abholen. Aber ohne Fleiß gibt es keinen Preis! Nun, die Garage ist erreicht. Da drinnen steht mein kleines Auto. Es ist geschützt vor Wind und Wetter. Der Abstellplatz kostet nicht viel, gerade passend für mich im Moment, zehn Mark. Kleine Reparaturen, Auffüllen von Flüssigkeiten sowie eine Autowäsche darf ich dort verrichten. So, mein Kleiner, jetzt zeig, was du drauf hast. Wir beide holen flott das Lottchen ab.‹

Und so huscht er über die Straße, hinter Weilbach kommt er am Eisenwerk vorbei. Mit dem Zwischengasgeben kommt er prima zurecht. Schnell geht die Fahrt weiter, dem Zielbahnhof entgegen. Die letzten paar Meter sind noch zu fahren, das Ziel ist bald erreicht. Nun das Auto abgestellt und abgeschlossen und sofort zum Bahnhof hinein. ›Wo ist sie, meine Lotte? Ach, es kommen gerade viele Leute. Der Zug muss gerade eingefahren sein. Ich stelle mich hier an das kleine Fahrkartenhäuschen, da muss sie ja vorbei und ihre Fahrkarte zeigen.‹ Er schaut sich erwartungsvoll um. Es ist noch nichts von Lotte zu sehen. ›Hier kommt ein ganzer Schwung Leute, da wird sie dabei sein.‹ Seine Augen tasten nacheinander die vielen Menschen ab. ›Da ist eine Nette, die mit dem Pepita-Trägerkleid. Das ist mein Lottchen. Sie läuft gerade durch die Kontrolle.‹

Paule breitet seine Arme aus. »Schön, dich wiederzuhaben, meine Kleine.«

»Du hast mir auch sehr gefehlt, Paule. Aber bitte Vorsicht, der Blumenstrauß.«

»Oh, ich vergaß in meinem Eifer, dass du einen Blumenstrauß in deinen Händen hältst. Schau, ob noch alles in Ordnung ist.«

Beide begutachten den Strauß und Lotte zupft hier und da ein bisschen daran zurecht.

»Ja, alles noch in bester Schönheit.«

»Apropos Schönheit, da fällt mir auf, du siehst heute wie eine frisch erblühte Lilie aus.«

Lotte blickt verlegen in Paules Augen. »Danke für dein Kompliment.«

»Komm, gib mir deine Tasche.« Er nimmt Lottes Tasche, die sie zu ihren Füßen abgestellt hatte. »Übrigens, dein Lockenköpfchen steht dir ausgezeichnet.«

Händchen haltend geht es zum kleinen Fünfhunderter Fiat und Lottes Gesicht strahlt vor Glück.

Beim Einsteigen äußert sie: »Ich bin aufgeregt, Paule.«

»Meine Eltern sind lieb, mach dir keine Gedanken. Das ergibt sich alles. Lass es laufen. Meine Mutter ist happy, wenn du ihr diesen schönen Blumenstrauß überreichst. Und mein Vater freut sich bereits die ganze Woche auf dich. Beide sind sehr neugierig auf meine Kleine, die Meine.«

Darüber, wie Paule sich ausdrückt, muss Lotte lachen.

»Na, siehst du. Es wird nicht so schlimm werden.«

Das Auto ist bereits in voller Fahrt, als Paule seine Kleine etwas strenger ansieht. »Mein Liebes, ich muss dir etwas gestehen. Es hat sich bei mir in dieser Woche viel geändert, nämlich mein Berufsstand. Ich werde auf dem Boden bleiben und nicht in die Lüfte gehen.« Und er erzählt Lotte die ganze Geschichte von der Änderung seiner Pläne und von der anstrengenden Tour nach Würzburg in dieser Woche.

»Da hast du ja alles auf den Kopf gestellt.«

»Das darf man sagen. Aber so, wie es nun entschieden ist, ist es für mich wichtig und richtig.«

»Dann soll es auch so sein«, antwortet sie. »Ich freue mich mit dir, dass du deinen Weg gefunden hast.«

Lotte hält ihre Neuigkeiten noch zurück, denn Paul Ferdinand hatte genug zu erzählen. Inzwischen ist man auf dem Schlossplatz in Amorbach direkt vor dem Fachwerkhäuschen angekommen. Paule dreht den Zündschlüssel ab. Der Motor ist aus.

Lotte muss sofort fragen: »Wohnen hier deine Eltern? Na ja, das ist ja irre, hier vor der berühmten fürstlichen Abteikirche. Dann kann ich morgen das Glockengeläut hören?«

»Wenn du willst, um zehn Uhr ist zufällig ein Gottesdienst.«

»Diese Einladung nehme ich herzlich gerne an.«

»Ich schlage dir auch eine Besichtigung vor, denn die fürstliche Abteikirche ist nicht für den täglichen Gottesdienst gedacht, sondern hauptsächlich für Besichtigungen und Orgelkonzerte. Die Orgel ist ein berühmtes, architektonisch wertvolles Prachtstück. Sie wurde von den Gebrüdern Stumm erbaut. Die Abteikirche baute man von 1742-1747 durch den Kurmainzer Hofbaumeister Maximilian von Welsch und durch so manch anderen bedeutenden Künstler. Seit 1803 befindet sich der Besitz in den Händen des Fürstenhauses zu Leiningen. Du siehst, ich habe dir hier in Amorbach viel Geistiges zu bieten. Es gibt noch vielerlei Sehenswürdigkeiten zu besichtigen. Amorbach im Odenwald ist immer eine Reise wert.«

»Du machst mich auf Vieles aufmerksam. Ich sehe, es gibt genügend Potenzial. Es wird heute nicht mein letzter Tag hier mit dir sein.« Und sie besiegelt ihre Worte mit einem festen, innigen Kuss.

»Komm, wir müssen aussteigen, mein Liebes.«

Im selben Moment klopft jemand an die Fensterscheibe der

Fahrertür. Johann, Paules Vater, macht sich bemerkbar. »Deine Mutter schickt mich. Ich soll fragen, ob du angewurzelt bist.«

»Nun, ich verstehe die Neugierde. Komm, Lotte, meine Mutter möchte dich sehen.«

Somit hatte Lotte gleich zwei Herren zur Begleitung. An der Haustür wartet Mutter Elisabeth auf die Kommenden. Es folgt eine freundliche Begrüßung und eine höfliche Vorstellung durch ihren Sohn. Lotte ist erleichtert, ihr Blumenstrauß wurde herzlichst angenommen. Es folgt sogleich Mutter Elisabeths Einladung zum Kaffee. Vater Johann bringt Lottes Reisetasche zum Zimmer seines Sohnes. Lotte bekommt sein Zimmer. Paule darf heute im Wohnzimmer auf dem Sofa schlafen. Die anderen setzen sich schon mal gemütlich an den gedeckten Kaffeetisch.

Johann gesellt sich dazu. Lotte lobt den Kuchen und fragt nach dem Rezept. Das gefällt Johann. Er denkt: ›Sie zeigt Interesse für das Häusliche.‹

Elisabeth antwortet: »Ich schreibe es Ihnen bis morgen auf. Doch wie wäre es mit Du sagen? Ich biete es Ihnen gerne an. Was meinst du, mein lieber Mann?«

»Ich hätte da absolut nichts dagegen. So ließe es sich doch viel entspannter reden. Mir ist, als würde ich Lotte schon längst kennen.«

»Alle Berührungsängste sind gewichen zum Lobe meines Lottchens.«

»Ja, ja, das Eis ist gebrochen«, schmunzelt Mutter Elisabeth.

Johann ergänzt: »Wir nehmen dich ab sofort freudig in unserer Familie auf.«

Lotte dankt höflich mit einem Kopfnicken.

Paul Ferdinand meint zu seinen Eltern: »Ich würde jetzt gerne mit meinem Lottchen einen Erkundungsspaziergang durch die Altstadt machen.«

Lotte ist sofort Feuer und Flamme.

Die Mutter spricht zu ihrem Sohn: »Du kennst unsere Essenszeiten.«

»Alles klar!«, antwortet er.

Die beiden nehmen sich noch ihre Jacken vom Haken und spazieren los.

Vor der Tür fragt Paule: »Wie gefallen dir meine Eltern?«

»Großartig, sie sind aufmerksam und herzlich. Du hast wirklich gute Eltern.«

»Deshalb habe ich vorerst auch keine Eile auszuziehen. Mir gefällt es zu Hause. Und du, du hast einen guten Eindruck hinterlassen. Meine Eltern haben dich bereits in ihr Herz geschlossen.«

»Ich hoffe, es wird so bleiben«, meint Lotte. »Sag Paule, in welche Richtung geht es jetzt?«

»Immer geradeaus, bis zur Altstadt vor.«

»Nachdem sie etwa zehn Minuten gegangen waren, stellt Lotte fest: »Da gibt es sie, die kleinen Lädchen.«

»Ja, noch sind sie da«, bemerkt er.

»Kleine Lädchen sind was Schönes. Ich würde da gerne einkaufen, einen Schwatz machen, nette Leute kennenlernen. Im persönlichen Gespräch lässt es sich gut über die Produkte reden.«

»In solch kleinen Geschäften braucht es besondere Artikel, solche, die die Menschen anlocken.«

Während dieser geschäftsmäßigen Unterhaltung waren sie, ohne es groß zu merken, auf der Altstadtbrücke angekommen. Der heilige Nepomuk begrüßte sie bereits.

Paule nimmt sein Lottchen zur Seite. »Schau, wenn du hier stehst und deine Augen geradewegs an den Häusern entlang streifen lässt und dann noch etwas zum Himmel hoch, siehst du da was?«

»Ja, in weiter Ferne. Ich glaube, es ist so etwas wie ein Aussichtspunkt. Ich nehme an, ein Turm mit etwas drum herum.«

»Nun, das ist unsere Gotthard-Ruine.«

»Aha, das sagt mir leider nichts.«

»Vor vielen Jahren war es ein blühendes, erfolgreiches Kloster. Irgendwann schlug der Blitz ein und es brannte aus. Nur die Außenmauern blieben teilweise erhalten. Somit ist es jetzt ein schönes Ausflugsziel. Man kann den Turm besteigen und hat eine hervorragende Sicht. Allerdings nur bei schönem Wetter. So, jetzt gehen wir über die Straße in das kleine Gässchen zum Templerhaus. Es ist nicht weit. Es liegt viel Gutes hier in unserer Nähe.«

Das Templerhaus war wirklich überhaupt nicht weit, ein regelrechter Katzensprung.

»Das kleine alte Templerhäuschen gefällt mir besonders gut, Paule.«

»Unsere Stadt Amorbach pflegt und hegt es auch gut, damit es noch lange für die kommenden Generationen erhalten bleibt. Etliche Jahre hat es auf dem Buckel und eine lange Geschichte zu erzählen.«

»Der Garten davor passt richtig gut zu diesem Häuschen.«

»Ich will dir noch etwas zeigen. Lass uns noch ein Stückchen weitergehen, bis zur Ecke vor und nochmals über eine Straße, direkt zum Fürstlichen Palais. Es ist der Familiensitz der Fürsten zu Leiningen. Deshalb kannst du es dir nur von außen anschauen. Diese Gartenmauern hier gehören schon zum Palais. Wenn wir die Treppenstufen zur Kirche hinauflaufen, können wir etwas hineinschauen. Mit etwas Glück steht vielleicht das große Tor offen.«

Die beiden haben Glück.

Lotte meint: »Ganz anschaulich, der Besitz des Fürsten zu Leiningen.«

Paul Ferdinand bemerkt: »Ich hatte als Elektrolehrling und Geselle mehrmals Gelegenheit, hier in diesem Palais zu arbeiten.«

»Und wie war das, dort zu arbeiten?«

»Eigentlich wie überall. Aber es sind sehr hohe Räume, deshalb brauchte man eine große Leiter. Vom Personalchef dort wurde uns angewiesen, was zu tun war. Es machte mir Spaß, hier zu arbeiten. Unser Chef bekam nie eine Klage über uns zu hören. Wir wussten, wie man sich benimmt in fürstlichen Räumen. So, nun zeige ich dir die Gangolfskirche, ein katholi-

Das Templer-Haus in Amorbach

sches Gotteshaus. Sie ist im Barockstil erbaut. Folge mir nach, mein Liebes. Ich halte dir die große schwere Tür auf.«

Lotte tritt ein, taucht die Fingerspitzen in das Weihwasserkesselchen und bekreuzigt sich. Paul tut es sogleich auch. Beide schauen sich in aller Ruhe die Kirche genau an.

Lotte meint: »So eine schöne Kirche würde ich mir auch für meine Hochzeit wünschen.«

»Vielleicht klappt es ja. Am richtigen Ort die passende Kirche.«

»Aber nur mit dir.«

Liebevoll bestupst er ihre kleine Nase. Ein kurzer Blick zur Uhr ermahnt, dass es Zeit zum Gehen ist.

»Wir müssen weiter, die Eltern warten.«

Nach ein paar Schritten meint Paul Ferdinand: »Hier hinter der Mariensäule ist mein Arbeitsplatz.«

»Ich sehe es, große Schaufenster mit Lampen und Elektroartikeln. Da hast du es gar nicht weit zu Fuß.«

»Trotzdem muss ich mich ab und zu sputen.«

»Ja, ja, das mollige Bett.«

»Du sprichst es aus. Schweife kurz auf die andere Seite mit deinen Äugelchen. Das ist unser altes Rathaus. Auch ein schönes Gebäude. An Weihnachten wird es beleuchtet. So zieht es viele Besucher für den Weihnachtsmarkt an. Lottchen, die Führung ist zu Ende. Es geht nach Hause.«

In Paules Elternhaus fragt Elisabeth sogleich: »Wie war deine Besichtigung, Lotte?«

»Sehr beeindruckend. Euer Sohn hat mich gut unterrichtet und klug gemacht. Amorbach gefällt mir immer besser.«

Beim Abendessen beeilen sich Paul Ferdinand und Lotte, denn Freunde von Paul wollen sie zum Bummeln und Einkehren nach Miltenberg abholen.

In dieser Nacht, während man nach Hause fuhr, unterrichtete Lotte ihren Paule über ihren neuen Plan, als Näherin in der Schneiderei zu beginnen.

Paul Ferdinand meinte: »Wenn du dich dabei wohlfühlst, ist es für mich recht.«

Am nächsten Tag, nach dem Sonntagsfrühstück, holt Paule ein kleines dunkelgrünes Kästchen aus seiner rechten Hosentasche. Er hält es versteckt in seiner linken Hand, schaut Lotte an und sagt: »Auf deiner weißen Bluse fehlt noch etwas. Mach bitte die Augen zu.«

Überrascht folgt sie der Aufforderung.

Paul Ferdinand klappt die Schachtel auf. Er zieht eine silberne Kette mit einem ovalen Anhänger heraus, ein leuchtend grüner Stein ziert das Schmuckstück. Er macht einen kleinen Schritt nach rechts und begibt sich damit hinter sein geliebtes Lottchen. »Die Augen noch kurz zuhalten.«

›Jetzt wird es spannend‹, denkt sie.

Paule legt ihr die Kette um den Hals und ruft »Augen auf!«

Mit ihrer rechten Hand betastet Lotte das neue Stück.

»Komm«, sagt Paule, »komm mit zum Spiegel.«

Sie steht hastig auf, nimmt seine Hand und gespannt laufen beide zum Wandspiegel.

»Oh, so ein wunderbares Stück. Danke! Der passt zu meiner Bluse wie aufgemalt. Doch nun fehlt natürlich noch etwas: deine Belohnung.« Und mit einem sanften Kuss belohnt Lotte ihren Paule.

Jetzt strahlt er. »Nun müssen wir beide aber los.«

»Wohin?«

»Der versprochene Ausflug steht an.«

»Fein, das hört sich gut an.«

»Kommen deine Eltern mit?«

»Die stehen bereits am Auto. Aber es geht nicht wie geplant nach Ebersbach, sondern nach Michelstadt in den Odenwald. Meine Eltern möchten sich das alte Rathaus ansehen und eine Führung mitmachen.«

»Mir ist es recht, ich kenne keines von den beiden, nicht Ebersbach und nicht Michelstadt.«

»Du wirst sehen, mein Liebes, es wird ein schöner Ausflug. Mit dem Zug musst du heute auch nicht nach Hause fahren. Ich fahre dich nach unserem Ausflug zu deinen Eltern zurück.«

»Wird dir das nicht zu anstrengend?«

»Nein, Autofahren macht mir große Freude. Ich muss aber dann gleich wieder umkehren. Die Schule, du weißt.«

»Das macht nichts. Dafür freue ich mich jetzt schon auf das nächste Wochenende mit dir.«

Paule lacht. »Du bist mir eine.«

Arm in Arm gehen sie zum Auto, wo bereits seine Eltern warten. Paule bat mit einer Geste darum, einzusteigen. Lotte setzt sich zu Johann auf die Rückbank. Mutter Elisabeth nimmt vorne Platz, neben ihrem Sohn.

Paule fragt in die Runde: »Wie sieht es aus? Hat jeder genug Platz?«

Johann antwortet: »Mein Platz gefällt mir sehr gut.«

»Das glaube ich dir aufs Wort, mein lieber Mann«, donnert Elisabeth los.

So ging die Fahrt gleich mit fröhlichem Gelächter los. An der Schlossmühle und am Seegarten vorbei, hinaus aus Amorbach in Richtung Kirchzell. Vorbei an üppigen Wiesen, Feldern und Wäldern bis Michelstadt im Odenwald. Und der kleine Fünfhunderter Fiat zeigte wirklich, was er konnte, nämlich gut fahren.

19

Es sollten noch viele Ausflüge folgen. Die Zeit eilte nur so dahin.

In den folgenden Tagen, Wochen und Monaten pendelte sich das Leben neu ein. Nach zwei Wochen kam Gisela vom Krankenhaus zurück. Sie fühlte sich gut. Lotte ging fleißig ihrer neuen Arbeit nach. Ein neues Jahr befand sich bereits in frischem Frühlingsgrün.

Eines Tages, als Lotte wieder mit ihrem Fahrrad von der Arbeit nach Hause fährt, fällt ihr plötzlich Rose ein. Verärgert denkt sie: ›Noch immer lässt Rose nichts von sich hören. Das wird mir jetzt zu dumm. Heute Abend setze ich mich an den Tisch und schreibe ihr einen langen Brief. Vor allem werde ich sie fragen, warum sie so schweigsam ist.‹ Erbost steigt sie von den Pedalen.

Ihre Mutter Gisela hantiert fleißig im Garten. Sie schaut auf, als sie hört, dass jemand kommt. »Oh, meine Tochter!«, stellt sie fest. »Lotte, ich habe heute was für dich. Ein Wunsch, der dich schon lange bewegt, hat sich erfüllt.«

Die Tochter schließt ihr Fahrrad in den Schuppen ein. »Was denn, Mama?«, fragt sie.

»Stell dir vor, es kam ein Brief von deiner lieben Rosemarie.«

»Zeig her, ich kann es nicht fassen.«

»Hier liegt er, bei mir auf den Treppenstufen.«

Lotte läuft schnell hin, beugt sich hinunter und hebt ihn auf. »Tatsächlich, von Rose.«

Ihre Mutter blickt sie verdutzt an. »Ich sagte es dir doch.«

Lotte reißt den Brief voller Erwartung ganz schnell auf. Sie liest und liest. Dann wird ihr Blick traurig.

»Was ist?«, fragt ihre Mutter.

»Morgen fliegt sie nach Amerika.«

»Nein!«

»Doch!«

»Und was schreibt sie?«

»Bitte, du kannst selbst lesen.«

»Aha!«

Gisela nimmt das Schreiben zur Hand. Rose schrieb: ›Leider ist es mit Gottlieb in die Brüche gegangen. Danach habe ich einen neuen lieben Mann kennengelernt. Ich bedaure sehr, dass wir uns nicht mehr treffen können. Es ist auch ein Baby unterwegs. Morgen ist schon der Abflug in ein neues, unbekanntes Land: Amerika.‹ Und Rose beteuert: ›Ich schreibe dir ganz bestimmt aus Amerika, liebe Lotte.‹

Enttäuscht zieht sich Lotte erst einmal in ihr Zimmer zurück. Nach einigem Nachdenken kommt sie zu dem Schluss: ›Schade, dass Rose so weit weg zieht. Aber wir schreiben uns bestimmt. Meine eigene Hochzeit steht auch bald bevor. So bin ich Rose dankbar, dass sie hier meine Freundin war.‹

Von da an kümmerte Lotte sich wieder um ihre eigenen Angelegenheiten und freute sich voller Erwartung auf ihre Hochzeit.

Fast drei volle Jahre ging es für Lotte und Paul Ferdinand am Wochenende hin und her. Einmal Amorbach, dann wieder Goldbach.

Paul Ferdinand hatte viel zu tun. Er wünschte sich sehnlichst den Tag herbei, an dem die Prüfung zum Elektromeister sein würde. Bestimmt wird er sie bestehen und dann können sie heiraten.

Von Lotte gab es nicht viel zu berichten. Sie hatte sich bei der Firma Zankel schnell eingearbeitet und war eine zuverlässige Mitarbeiterin geworden. Fleißig nähte sie mit der Hand die Seiten der Brusttaschen an den Sakkos fest. Gespart war auch etwas. Gott sei Dank ging es ihrer Mutter weiterhin gut.

Im Mai 1962 war es für Paul Ferdinand soweit. Die Prüfung stand bevor. Die Vorbereitung hatte viel Energie und Aufregung gekostet. Das Meisterstück musste akkurat gearbeitet sein und perfekt funktionieren. Sobald Paul Ferdinand die Prüfung zum Elektromeister bestanden hatte, sollte die Hochzeit sein. Den genauen Prüfungstermin hatte Paule seiner Lotte jedoch nicht verraten.

An einem ganz normalen Wochenende fuhr Lotte wieder nach Amorbach zur Familie Stock. Paule holte sie vom Bahnhof ab. Irgendetwas stimmte heute nicht mit ihrem Paule. Er war so gelöst und zu Späßchen aufgelegt. Sie würde noch dahinter kommen, was los war.

Als sie bei Paules Eltern ankamen, war die Überraschung für Lotte groß. Eine Torte stand auf dem Wohnzimmertisch. Darauf stand geschrieben: Herzlichen Glückwunsch zur bestandenen Elektromeister-Prüfung. Mutter Elisabeth hatte sie selbst gebacken.

Vater Johann meinte: »Jetzt kann eure Hochzeit stattfinden.«

Die Hochzeit

Im August 1962 war es dann auch so weit.

Geheiratet wurde in Goldbach. Die kirchliche Trauung fand in der katholischen Pfarrkirche Sankt Maria Immaculata statt. Danach gab es eine schöne Feier in Unterafferbach. Die Hochzeitsreise führte nach Würzburg.

Nach der Hochzeit zog man erst einmal nach Amorbach. Dort war das erste »Zuhause« des jungen Paares in einem kleinen älteren Häuschen in der Nähe der Mudau, bei einer lieben Vermieterin. Die Miete betrug damals im Monat 45,00 DM. Lotte und Paul Ferdinand waren glücklich und zufrieden. Es war die schönste Zeit.

Wie das Leben so spielt: Rose ließ nie mehr etwas von sich hören. Doch Lotte denkt mit Zuneigung an sie. Durch Rose hat sie ihren Paule kennengelernt und mit ihm ihr Glück gefunden. Ich hoffe, dass auch du dein großes Glück gefunden hast, meine liebe Rose.‹

Danke, dass es dich gab.